CB068242

Coleção Karl May

1. Entre Apaches e Comanches
2. A Vingança de Winnetou
3. Um Plano Diabólico
4. O Castelo Asteca
5. Através do Oeste
6. A Última Batalha
7. A Cabeça do Diabo
8. A Morte do Herói
9. Os Filhos do Assassino
10. A Casa da Morte

A VINGANÇA
DE WINNETOU

COLEÇÃO KARL MAY

VOL. 2

Tradução
Carolina Andrade

VILLA RICA EDITORAS REUNIDAS LTDA
Belo Horizonte
Rua São Geraldo, 53 - Floresta - Cep. 30150-070 - Tel.: (31) 212-4600
Fax.: (31) 224-5151
Rio de Janeiro
Rua Benjamin Constant, 118 - Glória - Cep. 20241-150 - Tel.: 252-8327

KARL MAY

A VINGANÇA
DE WINNETOU

VILLA RICA
Belo Horizonte - Rio de Janeiro

2000

Direitos de Propriedade Literária adquiridos pela
VILLA RICA EDITORAS REUNIDAS LTDA
Belo Horizonte - Rio de Janeiro

Impresso no Brasil
Printed in Brazil

ÍNDICE

O Regresso	9
Um Novo Amigo	23
Old Firehand	43
A "Fortaleza"	61
Outra Vez Os Ponkas	86
A Índia Ribanna	105
O Assalto	123
Como Um Milagre	142
Mais Inimigos	154
O Comerciante Santer	165

O REGRESSO

Capítulo Primeiro

Quando finalizei a minha aventura anterior, dei-lhes a conhecer com o título de *Entre Apaches e Comanches*, na qual conheci meu bom e velho amigo Old Death, e me dediquei por inteiro à caça e captura do bandido Gibson. Isto nos levou ao México e em pouco tempo, não sem novas cavalgadas, perseguições e arriscados lances em que estivemos perto de perder a vida, conseguimos capturar o canalha que, infelizmente, na tentativa desesperada de escapar, o que por sinal, havia conseguido mais de uma vez, perdeu a vida e assim, por fim, pudemos resgatar o jovem William Ohlert, que estava muito enfermo.

Minha missão principal se viu assim coroada de êxito.

Logo tive que dedicar-me aos cuidados do jovem William Ohlert, pois estava muito enfermo, e foi preciso levá-lo para os cuidados do padre Benito, da Congregação do Bom Pastor de Chihuahua, que, sendo o médico mais famoso das comarcas setentrionais do México, conseguiu em poucas semanas o quase restabelecimento do filho do poderoso banqueiro Ohlert.

Não disse ao enfermo que seu pai viria de Nova Iorque buscá-lo, pois queria que o encontro entre ambos fosse natural, e também evitar ao jovem William, a ansiedade própria da espera. Porém eu sim, esperava ansiosamente o banqueiro Ohlert e, por isso, recebi com grande alegria um menininho, que veio informar-me que um viajante muito elegante vindo do Leste me esperava.

Apressei-me a sair a seu encontro. Era, efetivamente, o senhor Ohlert, muito comovido e fatigado da longa viagem.

— Como está meu filho? — quis saber prontamente o poderoso banqueiro.

— Bem, senhor Ohlert; poderia dizer que é o mesmo rapaz que o senhor perdeu, e até me atrevo a dizer que, nas mãos do padre Benito, recuperou totalmente a saúde.

O banqueiro quedou uns instantes pensativo, antes de voltar a perguntar:

— Já não desvaria? Não tem aqueles pensamentos obsessivos? Isso foi o que permitiu ao canalha do Gibson apoderar-se de sua vontade.

— Não tema o senhor nem por uma coisa, nem por outra — procurei tranqüilizá-lo. - Gibson está morto e seu filho, em muito pouco tempo, voltará ao estado normal. Não quer julgar por si próprio, senhor Ohlert?

Acompanhei-o até a cela onde estava instalado o rapaz, e o grito de alegria que este deu ao ver seu pai, mais que qualquer outra coisa, me convenceu de que estava completamente curado. Os dois abraçaram-se, muito comovidos, e momentos depois o banqueiro me disse:

— Estou-lhe muito agradecido, senhor Müller. Não só recuperou meu filho, mas também quase que todo o dinheiro. Nunca poderei pagar o que fez por mim!

— Já o fez, senhor Ohlert: o senhor me contratou e todos os gastos desta longa perseguição por todo o Oeste foram pagos pelo senhor.

— Por que não continua trabalhando para mim, senhor Müller?

Sorri, divertido, e lhe respondi:

— Muito obrigado, senhor, mas não me seduz a idéia de continuar como detetive particular. Tenho vontade de percorrer o vale de Sonora e ver o Colorado. E sobretudo, desejo rever os apaches, e encontrar seu grande chefe, meu irmão de sangue, Winnetou.

— O senhor aprecia muito a esse índio.

— Já lhe disse, senhor Ohlert, para mim ele é como um irmão.

— Pois então, não insisto. Mas repito-lhe que estou enormemente agradecido, e ao seu inteiro dispor.

— Não se preocupe, senhor Ohlert. Se algum dia necessitar, lhe recordarei suas palavras, e este grande momento de paz e felicidade que o senhor vive agora.

Apertamos as mãos com grande alegria e, dias mais tarde, depois de despedir-me de todos meus amigos, bem provido de armas, munição e provisões, empreendi mais uma vez o caminho para o Oeste.

Atrás ficava mais um episódio de minha vida errante e aventureira, como superada estava também a guerra entre apaches e comanches que, por um acaso do destino, me havia envolvido.

Também ficaram para trás muitas recordações queridas. E sobretudo, em meu coração, ficaram gravados os nomes de Old Death, don Atanasio, Castor Branco, William Ohlert e de seu pai, e de tantos outros amigos que minha boa sorte me havia dado a oportunidade de conhecer.

Porque não há nada que faça o mundo tão pequeno, como ter bons amigos em toda parte...

Capítulo II

Saí do México, atravessei o rio Grande e poucas horas depois me encontrava cavalgando até o rio Pecos, seguindo seu curso até o Norte, buscando algum povoado da tribo apache.

Meu coração buscava Winnetou e meus olhos voltavam a absorver aquela paisagem agreste e primitiva, que tanto gostava. Nunca me esqueci que nasci na Europa, e que minha pátria era a Alemanha. Sim, nunca esquecerei meus pais, minha infância e os anos que passei estudando na Universidade, sob a direção de sábios professores, dos quais recebi toda a cultura e sabedoria que meu espírito tinha sido capaz de armazenar.

Porém, devo reconhecer que à América, às terras do Oeste americano, devo outro tanto. Foi nelas que me fiz homem, nelas meu corpo e meus músculos endureceram, e nessas terras, povoadas por homens das mais diversas raças e dos países mais distantes, fui adquirindo a maturidade necessária para sair-me bem de mil aventuras e perigos, os quais enfrentei muitas vezes na minha vida.

Sempre amei os horizontes largos, sem limites, a natureza, o sol, o ar livre, as amplas paisagens, as pradarias verdes, as montanhas, os grandes descampados e tudo o que significa uma vida livre, em contato íntimo com a Mãe Terra.

Considero que um homem adquire toda a sua dimensão e valor nestes cenários naturais, muito mais do que encerrado nas grandes cidades, onde vejo as pessoas vivendo como laboriosas abelhas, ocupando-se de suas vidas monótonas e aborrecidas, nas suas apertadas casinhas e ruas, limitadas por fileiras de outras casas, quase todas iguais.

Para mim, ver um bosque, um grupo de árvores, de pedras ou um rio deslizando em seu leito, vale mais do que a melhor praça pública de uma moderna cidade, ainda que em seu centro tenha um lindo e cuidado jardim, com uma linda fonte.

Ninguém pode negar que os pulmões se enchem de ar e respiram melhor, melhorando a saúde do corpo, quando se tem por teto o sol ou as estrelas e quando, ao terminar a jornada, se possa estender-se em mantas e cravar os olhos na abóbada celeste, cravejada de milhares de estrelas, que parecem piscar maliciosamente, como se estivessem nos saudando.

Assim o corpo se revigora, adquire a força necessária e os músculos, tonificados e agradecidos, permitem-lhe realizar os esforços que a um homem da cidade resultam praticamente impossíveis.

Eu diria que se sente a alegria de viver, em toda a sua plenitude. E ainda mais, que Deus não nos fez para viver nas grandes cidades.

Quando se vivencia isto, quando cada poro da pele se embebe do saudável orvalho da manhã, ou o agradável frescor do entardecer, as longas jornadas não resultam fatigantes e a vista não se cansa de admirar a cambiante paisagem, que se modifica à medida que o cavalo avança.

Porque há mais variedade e beleza na natureza que o homem possa pensar em criar.

Eu não sentia cansaço enquanto cavalgava pelas margens do rio Pecos, em busca de algum acampamento apache onde, provavelmente, obteria notícias de meu bom amigo Winnetou.

Porém, aquela vez a sorte não me sorriu. Cheguei por fim a um acampamento apache e, tendo sido muito bem recebido, por ter a fama reconhecida no Oeste, os peles-vermelhas me informaram que seu Grande Chefe, o bem-amado Winnetou, estava fazendo visitas de inspeção nas diversas tribos apaches, e que tardaria pelo menos seis meses para regressar.

— Winnetou galopa sobre seu cavalo tão veloz quanto o vento — me disse, com grande eloqüência, um dos guerreiros. — Não podemos te ajudar, Mão-de-Ferro.

Meu nome é Charles Müller, mas faz anos que o Oeste me conhece mais por aquele sonoro apelido. É costume ali chamar uma pessoa, mais ou menos famosa, por um nome que melhor traduza suas qualidades. Assim, ganhei o apelido de Mão-de-Ferro.

No princípio, não compreendi o por que do nome, ainda que mais tarde entendi ser um título honroso. Talvez o tenha recebido por causa das enormes mãos que Deus me deu, com as quais pude derrubar inimigos mais corpulentos que eu, homens que poderiam ter derrubado mesmo um urso, numa luta corpo a corpo.

Seja como for, não pude evitar que começassem a me chamar Mão-de-Ferro, e assim acabou sendo, gostando ou não disso. Quem era eu para mudar o costume destas pessoas?

Naquele acampamento apache, me convidaram a esperar o regresso do chefe, mas isso significaria seis meses de inatividade, e assim, decidi empreender, tal como havia pensado, uma excursão ao Colorado, para regressar meses depois através do Kansas, diretamente a São Luís. Naquelas andanças, travei amizade com um curioso inglês, chamado Ginery Bothwell, homem de grande cultura e experiência, empreendedor e ousado como ele só, a quem, muitos anos depois, em uma das minhas viagens à África, tive a sorte de voltar a encontrar, nada mais nada menos, que em pleno deserto do Saara.

Porém, deixemos isto para outro relato. Quando regressei a São Luís, deparei-me com a agradável surpresa de saber que ali o meu nome era pronunciado com grande respeito e admiração.

Tive que saudar e sorrir para muitas pessoas, que, ao ver-me em meu cavalo, andando pelas ruas da cidade, me seguiam gritando:

— Mão-de-Ferro regressou!

— Ele voltou!
— Temos aqui o grande herói!
— Viva Mão-de-Ferro!
Confesso que fiquei confuso, e até mesmo ruborizado. Todo mundo gosta que as pessoas as apreciem e as recebam com alegria, mas eu já começava a achar excessiva todas aquelas mostras de simpatia e admiração, e só quando me instalei na casa de meu velho amigo, o armeiro Henry, me pus a par do motivo daquela recepção.
— Acha estranho que gritem seu nome, Charles Müller?
— Veja bem, senhor Henry, eu...
— Você sempre será um novato no Oeste, rapaz! Não conhece nossos costumes? Esta gente é grata e admira aos valentes e corajosos.
E enquanto almoçávamos, acrescentou, sem deixar de lado a ironia:
— Claro que ninguém iria se lembrar do jovenzinho inexperiente que chegou aqui, e a quem ensinei a montar, a atirar e outras coisas mais, Mão-de-Ferro!
— E muito lhe agradeço, mas por favor, senhor Henry. O senhor não costuma me chamar assim.
— Não gosta que o chamem de Mão-de-Ferro?
— O senhor não, meu bom amigo.
— Pois terá que aceitar este nome. Você viveu mais aventuras em um mês, que outros em vinte anos. Deus lhe deu um excepcional dom, meu rapaz; sabe sair de todas as dificuldades, com a limpeza que passa uma bala através do papel. Porém, digo que, pessoalmente, me orgulho muito de você, Charles Müller. Em parte, você é minha obra!
Sorri e o armeiro Henry começou, enquanto comíamos, a recordar os velhos tempos, quando me conheceu, recém-chegado à América. Também começou a relatar tudo o que se contava sobre mim; minhas aventu-

ras ao lado do grande chefe apache Winnetou, as que tive com Fred Harton e outras mais, para terminar com minhas últimas viagens pelo Colorado e Kansas, em companhia do inglês Ginery Bothwell.

— Tudo isso é o que faz esta gente o aclamar, meu caro Mão-de-Ferro. E seria falsa modéstia não aceitar de bom grado esta admiração.

Conhecia bem o armeiro Henry e não discuti. Era um homem de grandes qualidades, porém teimoso como uma mula, e capaz de demonstrar seu afeto por uma pessoa através de insultos. Era um homem de modos bruscos, mas com um coração de ouro, ainda que dissimulado por suas palavras duras e gestos secos, para que os outros o tomassem por uma pessoa dura, menos sentimental do que era na verdade.

Depois, pegou um dos seus "rifle Henry", recém-fabricado, e me ofereceu, dizendo:

— Só fabricarei uns poucos iguais a este. O primeiro é para você, um presente.

Quis recusar, protestando:

— Oh, não, senhor Henry! É demasiado!

Mas ele replicou, com um gesto acre:

— Como que não, jovenzinho? Em todas as suas andanças, usou o célebre "mata-urso" que lhe presenteei. E quero que faça o mesmo com este rifle, que não tem igual em todo o país. Está claro? Quero que todo o mundo saiba que as armas usadas por Mão-de-Ferro, foram fabricadas por mim. Compreende?

— Mas temo não poder aceitar, senhor Henry.

— Por que não?

— Porque agora não estou indo para o Oeste.

— Pois vai para onde, criatura inquieta?

— Primeiro para casa, e depois... África!

— África? — repetiu ele, como se fosse um eco, estranhando muito. — Está louco, Charles? Pensa converter os negros e tornar-se um beduíno?

— Nada disso, porém prometi ao senhor Bothwell ir à África, onde tem uns parentes. Ali nos juntaremos, e excursionaremos pelo Saara.

O velho Henry abria e fechava a boca, sem saber o que dizer. Ao fim, mal-humorado, cruzou as mãos atrás das costas, e andando furiosamente pela sala, investiu novamente:

— Não se fala francês, na Argélia?
— Sim.
— E você, conhece essa língua?
— Sim.
— Está bem. E o deserto do Saara. Fala-se o que, lá?
— Árabe.
— Pois então, jovem. Como vão entendê-lo?
— É que também falo árabe. O professor que tive na Alemanha, era fluente em árabe.
— Vai passear, então, jovem! — exclamou, irado. — Não consigo demovê-lo desta idéia. Porém, agora, me ocorre algo. Para ir da América para a Europa, chegar à Alemanha, visitar seus parentes, e logo ir para a África, até a Argélia, e organizar esta porcaria de expedição pelo Saara, precisará de muito dinheiro.
— Sim, mas eu o tenho.

Sabia que sua nova objeção era para oferecer-me o que eu precisasse, mas não obstante, explodiu, mal-humorado:

— Pois já pode ir embora para este Saara. Mas lhe digo que me parece impossível que um homem de bom-senso vá meter-se nesse aborrecido deserto, onde só verá areia e as pulgas dos camelos. Aqui no Oeste, que já tão bem conhece, poderia estar como peixe nágua. Mas se é assim que quer... Só Deus sabe se tornarei a vê-lo nesta vida!
— Voltaremos a nos ver, senhor Henry. Há anos eu o considero como a um segundo pai.

Quando amainou sua raiva, tornou a oferecer-me aquele magnífico rifle de repetição, dizendo:

— Não lhe fará falta no deserto?
— Mais que qualquer outra arma.
— E se levar também outra nova "mata-ursos"?
— No Saara não existem ursos.
— Você é impossível!

E pegando ambas as armas, com um golpe abriu a porta, indicando-me que saísse, mas quando ganhei a rua, vi assomar sua cabeça pela janela do escritório, e ele gritou:

— Espero você hoje a noite, para jantar, sem falta! Não fique se entretendo com seus amigos por aí!

Dei-lhe minha palavra, rindo muito, e passei parte do dia fazendo visitas e recebendo os cumprimentos de muita gente que havia escutado falar de mim. Porém, só relatei minhas aventuras, detalhadamente, ao velho Henry, quando regressei para o jantar. Ele, por sua vez, me contou as novidades de São Luís, durante minha longa ausência, de vários anos.

Em sua conversa, amena e salpicada de gestos bruscos, disse algo que me fez mudar completamente o rumo. Meu irmão de sangue, Winnetou, havia estado ali, não fazia muito tempo, e tinha deixado uma mensagem para mim. Disse ao velho Henry que me enviasse para o rio Suanaca, onde me esperaria por uns dois meses, caçando em companhia de um grande número de seus guerreiros, para que a tribo apache tivesse carne de búfalo durante o inverno.

Não pensei duas vezes, e em poucos dias já estava sobre o lombo de meu cavalo, já descansado, buscando o curso do rio Suanaca, onde logo descobri uns acampamentos apaches. Ali me indicaram onde Winnetou estava caçando, e três dias depois, do alto de uma encosta, eu o vi, magnífico como um deus da antiga Grécia, caçando búfalos na grande pradaria.

O rifle de prata de Winnetou retumbava no amplo vale, e pude comprovar que não desperdiçava nem um tiro. Estava exatamente como antes, como se o tempo não houvesse passado para ele.

Forte, musculoso, com sua pele acobreada, brilhante de suor, montado em seu cavalo e trazendo poucos adornos da sua condição de Grande Chefe, o singular apache trabalhava duramente por seu povo, que tanto o queria e respeitava.

Quando seus olhos de lince me avistaram, esporeou seu cavalo e atravessou a planície, atravessando por entre a manada de búfalos, sem medo. Gritava e o ar se enchia com sua voz poderosa, expressando sua alegria em ver-me, o que encheu meu coração de felicidade. Havíamos passado, juntos, por momentos críticos de nossas vidas. Lutamos lado a lado muitas vezes. Havíamos cruzado as pradarias e montanhas juntos. E tínhamos jurado uma amizade eterna.

Corri também ao seu encontro, cortando caminho e, como duas crianças, apesar de já sermos homens feitos, nos estreitamos num abraço fraternal, rindo alegremente, extravasando nossa alegria.

— Meu irmão branco então veio! — exclamou.

— Não podia deixar de vir ao encontro do meu irmão de sangue, Winnetou — respondi.

Pouco depois, estávamos entre seus guerreiros, que sorriam satisfeitos, ao verem seu chefe em animada conversação com aquele homem branco. Um homem branco que eles também chamavam de Mão-de-Ferro dando-me, por sua vez, mostras de sua admiração e respeito.

Winnetou mostrou-se tão entusiasmado como eu, com meu novo rifle de repetição, presente do velho Henry, porém, prudente e discreto como sempre, nunca me pediu para fazer nem um só disparo com ele, porque considerava aquela arma como uma coisa sagrada para mim. Não obstante, me reservava uma grata surpresa e me presenteou com um esplêndido cavalo, negro como a noite, cujo nome era Andorinha, por causa de sua principal qualidade: a velocidade de seu galope.

— Quando meu irmão branco montar nele, pensará estar voando nas asas de uma andorinha — disse Winnetou.

E eu assim o comprovei dentro de poucos dias, já que o chefe apache planejava dirigir-se, depois da caçada, a visitar a tribo dos navajos, para restabelecer a boa harmonia entre estes e a tribo dos nijoyas, que por aquela época estavam em discórdia. Porém, meu destino, sempre errante, não me permitiu assistir a entrevista de Winnetou com os chefes dos povos em discórdia.

Isto aconteceu por que no caminho, nos encontramos com uma remessa de ouro californiano, cujos condutores se assustaram ao verem-se rodeados de peles-vermelhas, acreditando que estes os iriam assaltar e matar. Só se tranqüilizaram quando, do grupo de apaches, destacaram-se eu e Winnetou. No mesmo instante nos reconheceram, e começaram a gritar:

— Winnetou e seu amigo Mão-de-Ferro! Não temos que ter medo!

Nossa boa fama os animou a pedir-nos uma escolta até o forte Scott, oferecendo-nos uma retribuição adequada, a qual Winnetou recusou com dignidade, dizendo em seu inglês correto:

— Guarda o seu dinheiro: não posso escoltá-los, mas meu irmão branco os acompanhará.

Como das outras tantas vezes, compreendi a prudente intenção de Winnetou. Com delicadeza, estava me indicando que das diferenças entre navajos e nijoyas, iria dar cabo por conta própria, e que a minha presença poderia trazer desconforto ou mal-estar. Por isso, aceitei acompanhar o comboio que, dias mais tarde, e depois de alguns incidentes pelo caminho, consegui entregar são e salvo ao seu destino.

Foi então que tive a oportunidade de colocar a prova duas coisas. Meu veloz cavalo Andorinha e meu novo

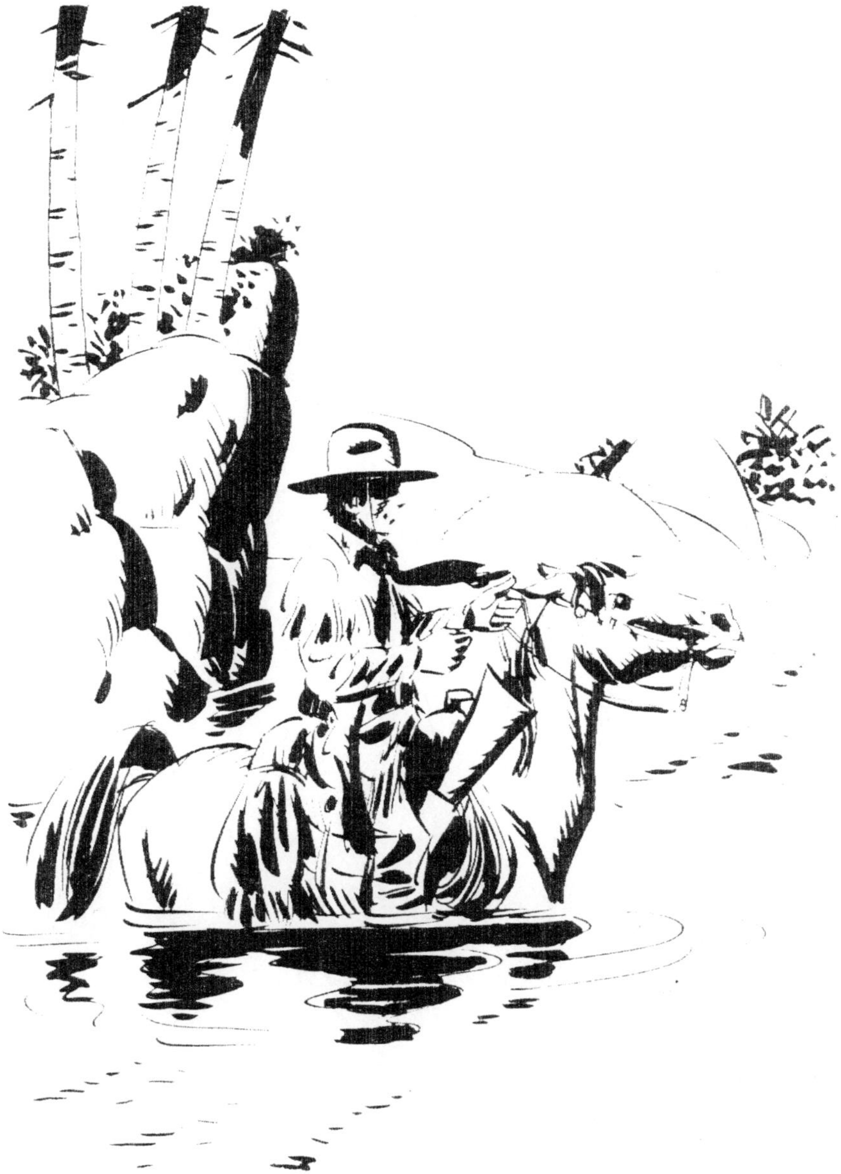

rifle de repetição. Isso ocorreu quando alguns foragidos, que nos vinham seguindo desde a Califórnia, tentaram nos saquear, e nós os botamos para correr.

O chefe da expedição não discutia nenhuma das minhas ordens, acatou todos os meus planos para escaparmos dos ávidos bandidos, e quando, ao terminarmos com eles, comprovou que minhas prudentes medidas haviam sido acertadas, me ofereceu mais do que o pagamento, mas também sua gratidão:

— Devemos ao grande Mão-de-Ferro continuarmos vivos. Meus chefes saberão o que o senhor fez por nós.

Um Novo Amigo

Capítulo Primeiro

Depois de descansar alguns dias no forte Scott, segui meu caminho. O que fiz com prudência, escolhendo caminhos que não me tornassem muito visível, pois Winnetou havia me alertado que a região estava infestada de foragidos.

Isso devia-se à riqueza deste território, em petróleo, cuja exploração estava a cargo de um tal Forster. Ali haviam-se levantado as instalações para os poços de petróleo, muitas casas de trabalhadores e um bom armazém, onde se podia comprar todo o necessário.

Durante a caminhada, a julgar pelos indícios, calculei que devia encontrar-me muito perto da colônia, a qual levava o nome de New-Venango e encontrava-se situada num desses barrancos encravados na planície, geralmente cortados por um riacho.

Meu cavalo começava a dar mostras de cansaço, e eu também estava precisando de um bom repouso. A jornada havia sido mais longa do que calculara, assim pois, dispunha-me a acampar, antes mesmo de chegar às instalações petrolíferas quando, de repente, o inteligente Andorinha levantou as orelhas, alarmado.

Um ligeiro puxão no bridão parou meu corcel, e pus-me a examinar todo o horizonte que minha vista alcançava. Não demorei muito em divisar dois cavaleiros, que também me descobriram, pois esporearam suas montarias e galoparam em linha reta até onde eu me encontrava. A distância era demasiado grande para distinguir os detalhes, e por isso saquei meus binóculos para observar melhor. Surpreendi-me ao ver que um dos cavaleiros não era um homem, e sim um meninote, o que era uma coisa extraordinária naquelas paragens, e que poderia colocá-lo em grande risco.

— Estranho! — murmurei para mim mesmo. — Um menino, no meio da pradaria, e envergando trajes de um legítimo caçador.

Dentro em pouco os tinha diante de mim. O menino levantou o braço, saudando-me:

— Bom dia, senhor! Perdeu-se por estes lados?

Sua voz era agradável e amistosa, porém não a atitude de seu acompanhante, que não deixava de observar-me com a mão direita próxima do revólver. Fingi não perceber aquele detalhe, e respondi ao menino:

— Vou até o armazém da colônia petrolífera de New-Venango. Tenho que comprar provisões.

O menino tampouco deixava de observar-me, e notou:

— O senhor está trajado de forma estranha. Casaco e calça de couro, como usam os exploradores.

— Digamos que eu sou isto, um explorador.

— E essas armas?

— Ora! Um bom rifle de repetição e um velho "mata-ursos".

— Além disso, mais dois revólveres — observou o homem, falando pela primeira vez.

Sorri, para mostrar-me amistoso, e disse:

— Todas as minhas armas são inofensivas, se ninguém me obrigar a usá-las.

— Monta um soberbo animal — disse outra vez o menino.

— Certo. Tive poucos cavalos na vida como este. Chama-se Andorinha.

— É um nome índio?

— Sim. Apache.

Esporeando o cavalo novamente, o menino fez um gesto com suas mãos, convidando-me:

— Pois venha até o nosso acampamento, siga-nos, senhor.

Já em movimento, o homem que o acompanhava disse, depois de algum tempo:

— Compro-lhe este cavalo.

Sorri, negando:

— Nem por todo ouro do mundo venderia Andorinha. Isso sem contar que é presente de um bom amigo meu, a quem aprecio muito.

O homem então, disse com evidente desprezo:

— Disse que o cavalo era apache, e se o presenteou algum índio imundo, não compreendo como pode ser seu amigo.

Para cortar o assunto, e para que ele entendesse de vez, informei-lhe:

— Winnetou me presenteou com o cavalo. Não lhe diz nada esse nome?

O homem então franziu o cenho com altivez, mas o menino exclamou, com indisfarçável surpresa:

— Winnetou! Pois se é o índio mais famoso e temido entre Sonora e Columbia! O senhor não me parece capaz de ter tais amizades.

O comentário do menino não me aborreceu, e indaguei sorrindo:

— Por que não, amiguinho?

— Não sei... É preciso ter muito valor para meter-se entre os ferozes apaches.

— E não acredita que eu tenha valor?

— É possível! Mas o senhor está muito armado e....

— É necessário, nunca se sabe o que se pode encontrar pela frente.

O menino sacou a pistola que levava na sela, uma arma velha e suja, mais parecida com um pedaço de madeira velha, do que uma pistola a ser temida.

— Isto parece ser da época de Cristo — disse-lhe.
— Não se fie nisso, senhor. A qualidade se conhece pelo uso. Quer experimentar?
— Em que?
Sua resposta deixou-me perplexo e algo alarmado, já que o menino me mirava, dizendo divertido:
— No senhor!
Mas que garoto mais atrevido! O menino obrigou o cavalo a dar uma volta completa sobre as patas traseiras, e ao final, quando menos esperava, disparou. Senti um ligeiro golpe no meu chapéu de couro, e neste instante vir voar pelos ares a flor que havia prendido nele.
Porém, logo recuperei-me da surpresa, ao encarar os olhos divertidos do menino. Havia agido assim para tirar uma prova do meu valor. Devolvi-lhe o sorriso e comentei, caminhando junto dele:
— É um bom atirador. Eu diria excelente! Porém não deve escolher como alvo o chapéu que os homens usam, pode acabar errando e atravessando uma cabeça.
O homem que nos acompanhava, comentou, sempre com azedume:
— Se tivesse errado com o senhor, não creio que se teria perdido grande coisa.
Confesso que senti ganas de socá-lo. Mas consegui dominar-me, em consideração ao alegre menino, que me parecia não dever ver uma briga absurda entre nós. No entanto, logo notei que seu olhar mudava, dando a entender que não mostrava muita admiração por aquele que, ao ser insultado, não replicava.
Cavalgamos os três durante alguns minutos, sem trocarmos palavra, até que novamente o menino perguntou:
— O senhor parece um homem do Oeste, mas não o é. Creio que me equivoquei, julgando-o apenas pela aparência.

— Porque pensa que não sou um homem do Oeste?
— Seu porte, seu cabelo, seus olhos. O senhor é alemão, não?
— Sim, sou, meu amiguinho. Falo mal o inglês? Tão mal que meu sotaque o fez reconhecer meu país de origem?
— Não, só o suficiente para que se conheça sua nacionalidade. Se o senhor preferir, poderemos falar em alemão.
Surpreendi-me novamente, e disse:
— Como? Você é meu compatriota, então?
— Meu pai é alemão, mas eu nasci aqui, em Quicourt. Minha mãe era índia, da tribo dos asineboins.
Começava a compreender os traços singulares de seu rosto, e a cor mais escura de sua pele. Pelo que dizia, era órfão de mãe, mas seu pai era vivo, e eu estava diante de um caso verdadeiramente fora do comum. Um compatriota meu, que havia vindo da distante Alemanha para casar-se com uma índia da tribo dos asineboins, no Oeste americano.
Ia fazer-lhe mais perguntas, quando ele estendeu o braço:
— Olhe para lá, senhor. Vê a fumaça saindo do chão?
— Sim, sinal que estamos chegando ao local que buscava. Estamos chegando a New-Venango. Conhece Emery Forster, a quem chamam o Príncipe do Petróleo?
— Um pouco. Ele é sogro do meu irmão, que vive em Ohma. Estou vindo de lá, e acampei aqui. O senhor tem um encontro de negócios com Forster?
— Não, já lhe disse que vim só comprar provisões.
— E você não o conhece pessoalmente?
— Não, meu amigo.
O menino apontou para o nosso mal-humorado acompanhante, dizendo:
— Pois ele está cavalgando atrás de nós. Esse é Emery Forster!

Percebi que aquele seria um dia de grandes surpresas. Não obstante, como nada disse, o menino quis saber:

— Não está impressionado? É o Príncipe do Petróleo!

Decidido a mostrar-lhe, de alguma maneira, a antipatia que aquele homem havia despertado em mim, desde o primeiro instante, dei de ombros, dizendo:

— Não, não me impressiona. Não me impressiono com os milhões de um homem, mas sim com os seus feitos.

Os olhos do menino passaram rapidamente do meu rosto para o de Forster, que havia se adiantado para cavalgar junto a nós. Vi que minha resposta não o havia desagradado de todo. O menino guardou silêncio uns instantes, depois disse:

— E você se impressionaria diante de um homem como Old Firehand?

— Mas claro, amigo! Isso é outra coisa. Old Firehand é um dos mais famosos exploradores do Oeste. Já ouvi falar muito dele!

— Não o conhece pessoalmente?

— Não, não tive ainda este prazer.

— Pelo que disse antes, o senhor e Old Firehand têm um amigo em comum. Ele já cavalgou muitas vezes com o apache Winnetou.

— Não duvido — respondi. — Pois se foi justamente ele quem me falou tanto deste homem.

Emery Forster interveio, recomendando ao menino:

— Não está falando demasiado com este homem? Nem sabemos quem é ele!

Naquele instante, tive vontade de falar que eu era o homem a quem chamavam Mão-de-Ferro. Porém não o fiz, e olhando para o Príncipe do Petróleo, contentei-me em informar-lhe:

— Me chamo Charles Müller, senhor Forster. E peço-lhe que abandone essa atitude distante e pouco cortês. É verdade que nada sabem de mim que possa recomen-

dar-me, mas tampouco sabem de algo que possa desagradar-lhes. Insisto, então, que o melhor que podemos fazer é tratar-nos com cortesia. Não seria melhor assim?
— Não recebo sermão de desconhecidos. Por sua indumentária, e pelo local onde o encontramos, posso dizer uma coisa do senhor, senhor Müller.
— Qual?
— É um aventureiro!
Notei que o menino me encarava, esperando uma resposta, mas novamente evitei a discussão com aquele homem irritadiço, e sorrindo respondi:
— Não acredite que este qualificativo me desagrade, senhor Forster. Realmente, adoro uma boa aventura!
— Eu já o sabia!
E ambos esporearam os cavalos, adiantando-se, pois já estávamos próximos às instalações petrolíferas.

Capítulo II

Detivemo-nos na beirada do barranco, ao fundo do qual, e daquela altura, podia-se distinguir perfeitamente, as casas do povoado.

O vale que se estendia diante de nós tinha o formato de uma panela, todo ele rodeado por rochedos que subiam íngremes, exceto pela parte que parecia o cabo da panela. Ali deslizava um rio, não muito caudaloso.

Grande parte do terreno estava ocupado pelas instalações próprias para a exploração de petróleo. Observei que junto ao rio, funcionava o perfurador de poços, e mais à esquerda, havia a fábrica e as fileiras intermináveis de barris, muitos deles repletos do cobiçado líquido.

Imitei ao menino e seu acompanhante, que desmontaram, e os segui, sentindo a cabeça de Andorinha atrás de mim, de vez em quando golpeando meu ombro, como se quisesse advertir-me de que estava me seguindo. Enquanto descíamos a encosta, tive a oportunidade de observar a perícia do menino, que era quem nos guiava, e pensei que, forçosamente, aquela agilidade não podia ter adquirido em alguma cidade do Leste. A admiração que sentia por ele cresceu, fazendo aumentar a simpatia que me despertava.

Ao chegarmos ao vale, achei que devia despedir-me deles e ir procurar o armazém, para fazer minhas compras, mas o homem chamado Emery Forster, ignorando minha mão estendida, me disse:

— Não temos porque nos despedirmos, senhor Müller. Voltaremos a nos ver!

Tive vontade de mandá-lo para o inferno, e gritar que não tinha a menor vontade de ver novamente seu rosto antipático, mas contive-me em respeito ao nosso jovem acompanhante e, encolhendo os ombros, afastei-me, seguido do meu fiel cavalo, dizendo:

— Quando o senhor quiser. Já sabe onde poderá encontrar-me.

O prédio do armazém era todo construído com robustos troncos, e uma placa na fachada informava: "Armazém e Pensão". Já estava fazendo a lista de tudo o que precisava, quando um relinchar de Andorinha me fez levantar a cabeça imediatamente, interrompendo o que fazia.

A mão de Emery Forster estava nas rédeas do cavalo, e me olhando com cara de poucos amigos, forçando um sorriso na intenção de parecer amigável, disse:

— Estou empenhado em comprar seu cavalo, senhor Müller. Quanto vale?

— Não está a venda, e creio que já lhe disse — repliquei.

Forster então meteu a mão no bolso, e com um gesto petulante acrescentou:

— Que tal duzentos dólares?

Sem responder, balancei a cabeça negativamente.

— Duzentos e cinqüenta!
— É inútil! Não insista.
— Trezentos!
Neguei rudemente, o que o fez aumentar ainda mais a oferta:
— Trezentos e tudo o mais que gastar no armazém!
— Como posso fazê-lo entender, senhor Forster? Nenhum caçador das pradarias vende seu cavalo, do qual pode depender a sua vida. Além do que, Andorinha é um presente do meu amigo.
— Presente de um apache!
Não soltava as rédeas do meu cavalo, e ao ver que me aproximava, aborrecido, insistiu teimosamente:
— Pois digo-lhe que preciso deste cavalo! Encantei-me com ele e o quero para mim!
Dei-me conta que o menino nos observava a uma prudente distância, assim como muitos dos homens que viviam naquele povoado. Todos estavam a par da pretensão de Emery Forster, justamente chamado Príncipe do Petróleo, e que podia dispor, para os seus caprichos, de muitos milhões de dólares. Mas aquilo não me importava, e começava já a me sentir aborrecido:
— Não venderia meu cavalo ao senhor, de modo algum, somente para satisfazer os seus desejos.
— O senhor é um estúpido! Uma gentalha como você, deveria dar-se por satisfeito por ganhar esse dinheiro pelo cavalo.
— Freie sua língua, senhor Forster — recomendei.
— Poderá arrepender-se.
Mas o homem, sem dúvida ao ver-se rodeado por todos os seus, aprumou-se e replicou com acidez:
— Ora! Atreve-se a me ameaçar? Aqui não estamos na pradaria, senhor Müller. Seus revólveres de nada adiantam.
E ao ver que eu não replicava, ganhou confiança, e apontando para si mesmo, disse:

— Em New-Venango quem manda sou eu. E aquele que não me obedece, trate de fazer as malas e ir embora. Já conhece minha última oferta. Vai vender o cavalo ou não?

Em qualquer outra circunstância, eu teria dado àquele homem o que ele merecia. Estou certo que um homem qualquer do Oeste teria empregado a violência a este ultimato. Mas, na verdade, a ridícula insistência daquele homem acabou mais por divertir-me do que aborrecer-me, além do que, a consideração que o menino havia me inspirado desde o princípio me aconselhava a dominar-me e não perder as estribeiras. Assim, voltei a responder-lhe com delicadeza:

— Já informei que o cavalo não está à venda. Por favor, solte as rédeas, senhor Forster.

Aproximei-me e então, tomando minha prudência por medo, Emery Forster empurrou-me violentamente, fazendo-me retroceder, cambaleante. Aproveitou-se então para, de um salto, montar em meu cavalo e afastar-se no galope. Mas algo me irritou mais que sua atitude provocadora, e as palavras rudes: as gargalhadas de todos que ali estavam, e o olhar fixo e cheio de desprezo que o menino me lançou, sem no entanto unir-se ao coro geral, qualificando-me como um covarde. Enquanto isso, a voz do Príncipe do Petróleo fez-se ouvir:

— Cobre na caixa do meu armazém! Aqui tudo é meu! Quando Emery Forster quer alguma coisa, ele a obtém de qualquer jeito. Vamos, Harry!

O jovem Harry não o seguiu imediatamente. Continuava a me observar, com evidente desprezo, certamente pensando que eu não tentaria reaver o que era meu de direito, tal e como haveria de fazer um homem de verdade, e que levava armas na cintura. Antes de seguir o homem, me disse:

— Sabe que é um coiote?

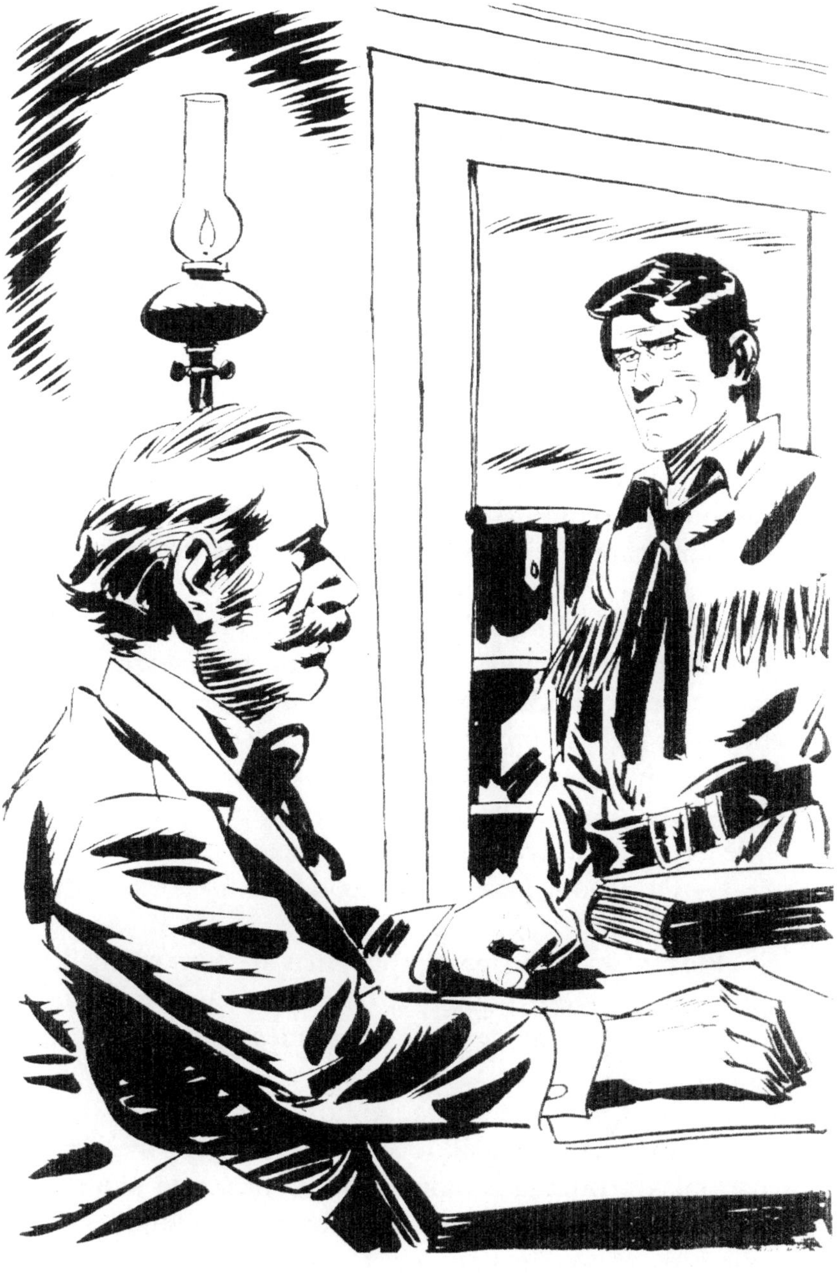

— Sei, rapaz, sei! — repliquei, tediosamente.
— Pois é isto mesmo que você é! Um coiote!

Antes que pudesse responder, o menino afastou-se, seguindo o dono absoluto de New-Venango. Não disse nada. Sabia muito bem que não havia perdido meu cavalo. Bastava assobiar de uma forma característica, que Andorinha conhecia muito bem, para que, inesperadamente, com um pinote, lançasse o atrevido cavaleiro por cima de suas orelhas. Mas aquela seria uma vingança muito pobre, e não quis fazê-la. O melhor era saber esperar pelos próximos acontecimentos, e foi o que fiz.

Sem fazer caso das risadas gerais, entrei no armazém, quando um mais ousado aproximou-se. Dei-lhe tal safanão que caiu ao chão. Sabia que me bastava dizer um nome. Só um: Mão-de-Ferro!

Mas, para que? Ninguém deve viver às expensas de sua fama. Por outro lado, aqueles homens sentiram a força de meus braços pelo empurrão que havia dado em um de seus companheiros. Então, resolveram deixar-me tranqüilo, e somente o dono da loja, quando terminei de fazer as minhas compras, e me dispus a pagar, se atreveu a dizer, recordando-me o acontecido:

— Mas não escutou o que disse o senhor Forster? Tudo que gastou aqui será pago por ele. Não me deve nada.

— Obrigado, mas quando compro, uso o meu dinheiro. Cobre!

Ele tentou protestar de novo, mas ao ver o punhado de moedas de ouro que tirei do bolso, seu rosto assumiu uma expressão de avidez, e no mesmo instante calculou quanto eu devia.

— Bom, se assim deseja, senhor...

Quando saí dali, a noite já havia descido, e a escuridão mais profunda invadia a rua. Lógico que não era minha intenção alojar-me num dos quartos sujos e fedorentos da pensão, com seus tetos baixos e repletos de trabalhadores. Por isso, encaminhei-me até a margem do rio que regava aquele vale, notando algo que até então, não havia chamado minha atenção. Um odor penetrante de petróleo enchia o vale, e aumentava à medida que eu me aproximava da água: era um sinal evidente que o rio arrastava parte considerável do combustível.

Uma vez tendo deixado minhas coisas junto ao rio, regressei ao que parecia ser a principal edificação de New-Venango. Era uma casa bastante suntuosa, não obstante seu aspecto de provisório. Eu sabia que ninguém haveria de conseguir botar Andorinha dentro de uma baia, acostumado como estava a dormir sob as estrelas. Por isso não estranhei vê-lo amarrado junto à luxuosa casa, no pátio, onde podia-se ver o interior da moradia facilmente.

Deslizei com cautela pelo lado esquerdo do pátio, até chegar junto ao cavalo, que tampouco devia ter consentido que lhe tirassem a sela e os arreios. Isto me fez sorrir, imaginando a cena dos criados, tendo que se renderem aos caprichos do fogoso animal. Ao passar perto de uma das janelas abertas, escutei o ruído de vozes e, ao aproximar-me, comprovei que pertenciam ao arbitrário Emery Forster e ao jovem, que o Príncipe do Petróleo havia chamado de Harry. Discutiam e, curioso, quis saber se era sobre mim e tudo o que havia acontecido com o cavalo. E me pus a escutar a voz do rapazinho, que dizia vivamente:

— É uma idéia inútil e criminosa, tio. E creio que não calculou bem no que pode se meter.

A voz irritada de seu tio replicou, prontamente:

— Pretende me ensinar o que fazer, Harry? O preço do petróleo baixou unicamente por causa do excesso de produtividade, de modo que, se deixarmos correr livremente os mananciais durante um mês ou dois, voltará a subir por causa da escassez, e então faremos um negócio fabuloso. Já ordenei que desaguassem uns poços no rio. Até que subam os preços, já teremos perfurado outros mais acima, e como tenho um estoque mais que suficiente, em poucos dias posso enviar ao Leste uma quantidade de petróleo que me garantirá centenas de milhares de dólares.

— Compreendo sua intenção, tio, mas insisto que é um "negócio" pouco limpo. Meu pai diria que isso é...

— Seu pai, seu pai! Sempre a mesma coisa, Harry!

O menino começou a replicar calorosamente, para defender seu pai, quando inesperadamente, em todo o vale retumbou um barulho como o de um trovão, dando a sensação de que a terra abria-se debaixo de meus pés. O chão tremeu com violência e quando, alarmado, virei a cabeça, pude ver que toda a parte alta do vale, onde estava funcionando o perfurador, ardia numa enorme língua de fogo. Com velocidade aterradora, o fogo começou a espalhar-se, e a respiração já se fazia difícil por causa da fumaça.

Eu não havia presenciado, até então, aquele horrível fenômeno, mas minha intuição fez-me calcular o que se avizinhava. Sem pensar duas vezes, pulei a janela e ordenei, aos gritos:

— Apaguem as luzes, agora!

Das outras casas acudiam homens alarmados, mas Forster, ao ver-me ali, cego de raiva, perguntou ameaçadoramente:

— O que o senhor está fazendo aqui? Fora da minha casa, ladrão!

— Não discutamos agora, senhor Forster. Seu perfurador abriu um novo poço, e esqueceram que nestes casos não deve haver fogo perto. Isso pode fazer com que entre em contato com os gases, incendiando todo o vale. Todos esses milhares de barris armazenados também arderão e... Seria terrível!

Sem esperar sua ordem, apaguei as velas do candelabro, mas os homens chegavam com mais velas, e o armazém continuava com as luzes acesas.
— Temos que escapar! — gritei novamente.
Harry plantou-se na minha frente, gritando:
— O que pretende, senhor Müller? Vingar-se por causa do cavalo?
Não dei ouvidos a esta ofensa, voltando a insistir:
— Todos têm que ir para o alto do vale! Isto aqui arderá em chamas! Quem não fizer isso, não conseguirá salvar-se!
Vi o pouco caso e a incredulidade em todos os olhos e incapaz de esperar mais, arranquei o jovem Harry da cadeira à força, joguei-o sobre o ombro, e tornei a sair pela janela, correndo até o meu cavalo.
Andorinha relinchava, também pressentindo o perigo com seu apurado instinto, e rapidamente já estávamos galopando, procurando uma saída em direção ao rio. Difícil parecia meu intento, porque o rio havia se convertido, por causa do petróleo ali derramado, em um formidável cinturão de fogo, avançando a grande velocidade, e queimando tudo com suas línguas de fogo de mil cores.
Enquanto galopava, comecei a compreender toda a magnitude da tragédia que se aproximava. Havia escutado Emery Forster dizer ao sobrinho, que havia ordenado desaguar alguns poços no rio e agora, o rio de New-Venango, mais que uma corrente de água, havia-se convertido num autêntico inferno.
Em minha excitação, apertando contra o peito o menino, para que este não escapasse, perguntei-lhe:
— Por onde poderemos cruzar esta língua de fogo, Harry?
— Não o direi! — gritou o rapazinho. — Solte-me! Não quero fugir com você! É um covarde!

— Não há outro meio, Harry! Não compreende?
— Eu não preciso de sua ajuda! Posso perfeitamente pôr-me a salvo!

A cada segundo aumentava o perigo de uma explosão, que arrasaria todo o vale, então, não havia tempo para dar ouvidos ao menino. Os grandes depósitos de petróleo se incendiariam, alcançando os barris. Estes explodiriam como bananas de dinamite, derramando o líquido fervente naquele mar de fogo que se convertera o vale. A atmosfera era asfixiante, fazendo-me experimentar a sensação de encontrar-me no fundo de uma caldeira de água, fervendo a ponto de explodir. Temia perder os sentidos e deixar cair ao chão o rebelde menino que, também quase sem forças, no entanto não deixava de debater-se, tentando escapar.

— Tenho que salvá-lo! — gritei desesperado. — E assim o farei!

Capítulo III

Continuei fustigando o cavalo, gritando para animá-lo:
— Corre Andorinha, corre! Honre seu nome, meu amigo! Voe como uma andorinha!

O fiel garanhão redobrou a velocidade de suas nervosas patas e se lançou numa carreira desabalada. Mergulhou no rio antes que o petróleo derramado chegasse em chamas até nós, e com o frio da água, senti renascer minhas forças. A questão era ganhar a outra margem, antes que a enorme língua de fogo, que deslizava rio abaixo, nos alcançasse.

Porém, meu fiel Andorinha foi mais veloz que as chamas, e conseguimos chegar ao outro lado sem ter que pressioná-lo mais, e continuou galopando sem rumo determinado, mas cada vez nos afastando mais e mais do perigo. Eu o sentia resfolegar sob minhas pernas, por causa do esforço realizado. Mas continuava correndo, saltando, desviando-se das pedras e dos obstáculos que encontrava naquela terrível noite iluminada por um milhão de tochas, movimentando-se ora como um tigre, ora como uma cobra.

Meu braço direito abraçava o pescoço do animal, e com o esquerdo, segurava o menino. Andorinha deu um salto, terrível e vertiginoso, e por fim, alcançou quase que o alto do vale. Dali o espetáculo era terrível, mas ao mesmo tempo grandioso.

Creio que, na excitação daqueles momentos, não perdi os sentidos e nem o pânico se apoderou de mim, permitindo-me pensar com certa frieza. Desci do cavalo, com minha carga, e segui rodeando o amplo anfiteatro das montanhas, sentindo, agora atrás de mim, o cavalo resfolegando pesadamente.

Quando alcançamos o ponto mais alto das montanhas, coloquei o menino no chão e, sem poder conter-me, abracei nosso salvador. Andorinha tremia, e seu corpo estava coberto por um suor quente. Ao nosso redor a noite iluminada pelo voraz incêndio, abaixo, quase aos nossos pés. O céu estava coberto por um resplendor avermelhado, vivo, e o petróleo seguia ardendo em densas nuvens de fumo negro que subiam em forma de caprichosas espirais até às estrelas.

Harry jazia aos meus pés, desmaiado. Quando conseguiu reanimar-se, perguntou-me:

— O que aconteceu, senhor Müller?

Mostrei-lhe o vale. Aquela enorme panela, estava agora totalmente em chamas. Harry olhou o terrível espetáculo, como que atraído por aquele vulcão, até que disse, por fim:

— Meu Deus! É horrível! Devem ter morrido todos!

— Estamos salvos graças ao formidável esforço de Andorinha — informei-o.

Mas ele não mostrou agradecimento, devendo estar pensando em seu tio, Emery Forster, e em todos aqueles homens do povoado. Então explodiu, reprovando-me:

— O senhor é um covarde! Miserável! Um coiote! Pensou logo em salvar a sua pele, e dane-se para os outros!

— O que podia fazer?

— Qualquer coisa, menos fugir como um coelho assustado! Eu o desprezo!

Não sabia o que dizer-lhe, e também o compreendia. A tragédia havia sido demasiado grande. Quis ir embora, mas eu, com firmeza, não dando ouvidos aos seus protestos e insultos, o segurei pelo braço e ordenei:

— Não se mova! Já não é possível fazer nada. Só encontraria a morte!

— Deixe-me! Não posso ficar aqui vendo isto! Não sou covarde!

Conseguiu soltar-se depois de um forte safanão e, ainda que o seguisse durante um tempo, perdeu-se entre as rochas da ladeira que havíamos descido. Mais prudente que os homens, Andorinha não me seguiu daquela vez, chamando-me para cima com seus relinchos. Voltei e pensei, em um instante de raiva, que nada teria podido fazer, e exclamei furiosamente:

— Diabo! Se esse menino quer torrar por vontade própria, que o faça. Não é minha responsabilidade!

Não era certo, e estive toda a noite preocupado com ele. Na sua idade, os jovens acabam por confundir as coisas. Possivelmente, Harry teria tentado salvar seu tio, e quem sabe acabaria morrendo por entre as chamas, que vorazes e sem descanso, continuavam destruindo tudo.

O vale continuou a arder até o outro dia, e calculei que assim permaneceria até esgotar-se todo o petróleo do manancial. Porém a luz do dia diminuiu a intensidade das chamas, e pude ver que, nas bordas do grande vale, nos lugares onde o fogo havia sido mais brando, alguns pontinhos se moviam.

— São os sobreviventes — pensei.
Uma nova olhada me deu conta da horrível catástrofe. A fábrica, as instalações, os largos armazéns com os barris repletos de petróleo, todas as torres e o povoado, estavam arrasados, enegrecidos, convertidos em um montão de cinzas, ou então em madeira fumegante.
Desci até a parte do vale onde os poucos sobreviventes daquela singular tragédia tinham se reunido. Entre eles, vi o jovem Harry, que havia cometido a temeridade de deslizar ladeira abaixo em plena noite, tendo a seus pés um autêntico inferno. Não encontrei grandes dificuldades em fazê-lo à luz do dia e, ao aproximar-me, pude ver que aquele jovem, meio índio, meio alemão, me apontava, dizendo aos outros:
— Aí está! Fugiu como um covarde! Salvou-me, mas se tivesse me deixado, teria salvo meu tio!
— O que veio fazer aqui! — indagou outra voz.
— Você nos trouxe azar! — gritou um terceiro.
Armei-me de paciência, respondendo:
— Vim aqui para ver se posso ser-lhes útil em algo.
— Vá embora! — replicaram, a uma só voz. — Como vamos saber se não foi você mesmo quem provocou o incêndio?
— Sim! Deveríamos enforcá-lo! — gritou uma voz.
Por um instante, quedei-me como que petrificado. E não precisamente por medo, mas pelo que significavam aquelas acusações lançadas contra mim. Estavam enlouquecidos pela dor e eram bem capazes de cometer algum disparate, uma injustiça, sem pensar duas vezes.
Porém, encontrei ânimo para protestar:
— Não sou incendiário!
Um daqueles homens pegou sua velha escopeta de dois canos, mirou em mim e rugiu:
— Já dissemos para ir embora!
— Vocês cometem uma injustiça. Isto não foi obra

de um incendiário, nem criminoso! Os gases do petróleo inflamaram-se ao contato com as fagulhas. Perguntem aos seus chefes, seus capatazes, que não deviam ter permitido acender as luzes quando se perfurava um novo poço.

— Está tentando nos ensinar a tirar petróleo?

— Não, mas aí está a prova. E digo mais: tampouco deveriam desaguar alguns poços no rio. Não só resultou perigoso, como no caso de não ter ocorrido o incêndio, esse rio não haveria feito nada mais que envenenar os pastos da região, matando os animais... E isso...

— Cale-se! — interrompeu-me o menino. — Não escutou que é para ir embora? Quer que o matem?

Olhei para o menino, desconsoladamente. Ele não queria que descobrissem as maquinações de seu tio.

Comecei a afastar-me, sem voltar o rosto nem uma vez. Para que?

Voltei para o meu cavalo, com as mãos crispadas, dominando-me. De qualquer forma, já nada poderia fazer. O chamado Príncipe do Petróleo havia pago com a vida sua ânsia de luxo desmesurado.

O pior é que homens inocentes haviam sofrido também as conseqüências.

OLD FIREHAND

Capítulo Primeiro

Uma semana mais tarde, cheguei para o encontro que tinha marcado com meu bom amigo Winnetou, em Gravel-Prairie, onde tive que esperar por mais uma semana.

No incêndio do vale havia perdido, entre outras coisas, os víveres e provisões que havia comprado no armazém. Mas a fome não chegou a torturar-me. Sempre fui excelente caçador e jamais, pelo que me recorde, desperdicei uma só bala caçando. Na solidão de Gravel-Prairie havia caça em abundância e por outro lado, o tempo também ajudou.

Amo a natureza com todas as minhas forças. Não me aborreço por estar só e sempre encontro algo para fazer, para passar o tempo. Por exemplo, além da caça, cuidar do meu cavalo, do acampamento e das coisas mais rotineiras, um explorador deve costurar suas roupas, limpar e lubrificar suas armas, cuidar da sua sela, deitar-se ao sol para repor as forças, cantar para as nuvens sempre de aspecto diferente, e imitar os pássaros, com o que alguns até acreditam poder dialogar.

Além disso, tinha que banhar-me e fazer a comida. A solidão não é má para todo aquele que no fundo se encontra satisfeito consigo mesmo. Das minhas leituras feitas na Europa, recordo uma frase que dizia: "A solidão é a prova suprema da humildade, ou da excelência dos espíritos". O autor continuava um pouco mais abaixo: " Por que, geralmente, se foge da solidão? Porque são poucos os que encontram boa companhia em si mesmos!.

Mas quando Winnetou chegou, alegrei-me, pondo-o a par, em breves palavras, de tudo que havia ocorrido. O chefe apache me olhou fixamente, para depois dizer:

— Meu irmão branco sofreu por conta destas acusações injustas.

— Claro, meu bom Winnetou, mas já as esqueci. Na sua dor, no desespero por haverem perdido tudo, buscavam um culpado. Não falemos mais nisso!

A conversa desviou-se para o meu desejo de conhecer o grande explorador Old Firehand. Meu amigo pele-vermelha prometeu levar-me até onde poderíamos encontrá-lo. Não era certo que ele lá estivesse, pois um homem do Oeste tão inquieto como aquele, um dia estava no Grand Canyon, e em poucos dias, estava perto da fronteira do México.

Iniciamos sua busca, e graças a um irmão da raça de Winnetou, que nos informou, pudemos rastrear suas pegadas. Aquele índio nos disse que tinha escutado que o grande caçador branco andava por aqueles territórios, assim pois, nos dirigimos até às pradarias quase inexploradas que nos indicaram.

— Old Firehand gosta de caçar como nos velhos tempos, quando o cavalo de ferro não era conhecido por aqui, e os búfalos pastavam aos milhares.

Meu amigo Winnetou tinha razão. Referia-se ao tempo em que a ferrovia não cruzava as imensas planuras do meio-oeste, em seu constante avançar até a Califórnia, para unir o país de leste a oeste.

E como se, ao falarmos da ferrovia, esta quisesse fazer-se presente, divisamos os trilhos, faiscando ao sol, atravessando aquele agreste território. Quis comprovar se eram mesmo os trilhos, e peguei meu binóculo. Logo o ofereci ao índio.

— Uf! — protestou, de sua forma habitual. — O caminho do cavalo de ferro.

Estendi a mão para apanhar o binóculo, mas Winnetou estava olhando fixamente para os trilhos, percorrendo toda a extensão que ele cobria. Respeitei sua curiosidade e, pouco depois, com sua espantosa habilidade de distinguir tudo o que para nós poderia passar despercebido, voltou a grunhir:

— Uf! Ali embaixo, junto do caminho do cavalo de fogo, estão escondidos uns homens vermelhos. Pude ver seus cavalos.

No mesmo instante obrigou seu cavalo a deixar velozmente aquele local elevado aonde estávamos, e eu o segui a uma prudente distância. Daquela altura podíamos ser descobertos facilmente, pois nossas silhuetas recortavam-se contra o céu, o que tentava evitar o chefe apache.

— Que pensa meu irmão sobre as intenções desses homens vermelhos?

— Se estão se escondendo, estão tramando algo. Tentarão destruir o caminho do corcel de fogo, certamente.

— Vamos espreitá-los. Quero saber de qual tribo são.

Demos uma volta necessária e providencial, e uma hora mais tarde já estávamos nos aproximando daquele grupo. Eram uns trinta, segundo contei, e estavam pintados com as cores de guerra, armados com flechas e alguns até com armas de fogo. Notei que o número de cavalos era muito maior, o que provavelmente, serviria para carregar o butim depois que descarrilassem o trem.

Estava observando tudo isto, estendido no chão, quando senti uma inquietante respiração próximo a mim. Voltei-me já com a faca na mão, quando Winnetou sussurrou:

— Meu irmão foi ousado em aproximar-se tanto. São da tribo dos ponkas, os mais guerreiros e valentes sioux. E aquele ali, o mais forte, é Parranoh, o chefe branco.

Achei aquilo estranho, mas não iria discutir com Winnetou ali. Não obstante, perguntei, num fio de voz:
— Disse que era branco?
— Sim. Nunca ouviu falar de Parranoh? É um homem sanguinário, que ninguém sabe de onde veio. Tampouco sei porque os ponkas o receberam no Conselho da tribo, aceitando-o entre os homens vermelhos.
Não disse mais nada. Dedicamo-nos a observar os preparativos daqueles homens até que, novamente, junto ao meu ouvido, Winnetou informou:
— Quando as cabeças encanecidas dos chefes ponkas se foram com Manitu, esse homem obteve o "calumet" do chefe e conseguiu muitos escalpos. Os guerreiros ponka o respeitam por suas grandes façanhas. Dizem que ele, sozinho, é capaz de enfrentar vários guerreiros e vencê-los.
— Sim, parece muito forte — concordei.
Disse isso olhando para aquele homem de corpo hercúleo, mas não conseguia distinguir, dado a distância e a pintura que adornava seu rosto, as suas feições. Por isso, perguntei ao meu amigo:
— Meu irmão Winnetou conhece o rosto deste homem?
— Winnetou já cruzou sua machadinha com ele, mas esse branco é astucioso. Nunca luta cara a cara, lealmente!
Não quis perguntar-lhe se o temível Parranoh o havia ou não vencido, mas olhando o que ele fazia junto aos seus guerreiros, respondi:
— Vejo que esse homem é um traidor. Quer deter a marcha do cavalo de fogo para matar e saquear meus irmãos de raça.
Recordo muito bem que o chefe apache me corrigiu:
— Mas os brancos também não fazem isso?
Estava certo, naqueles tempos, era freqüente o trem

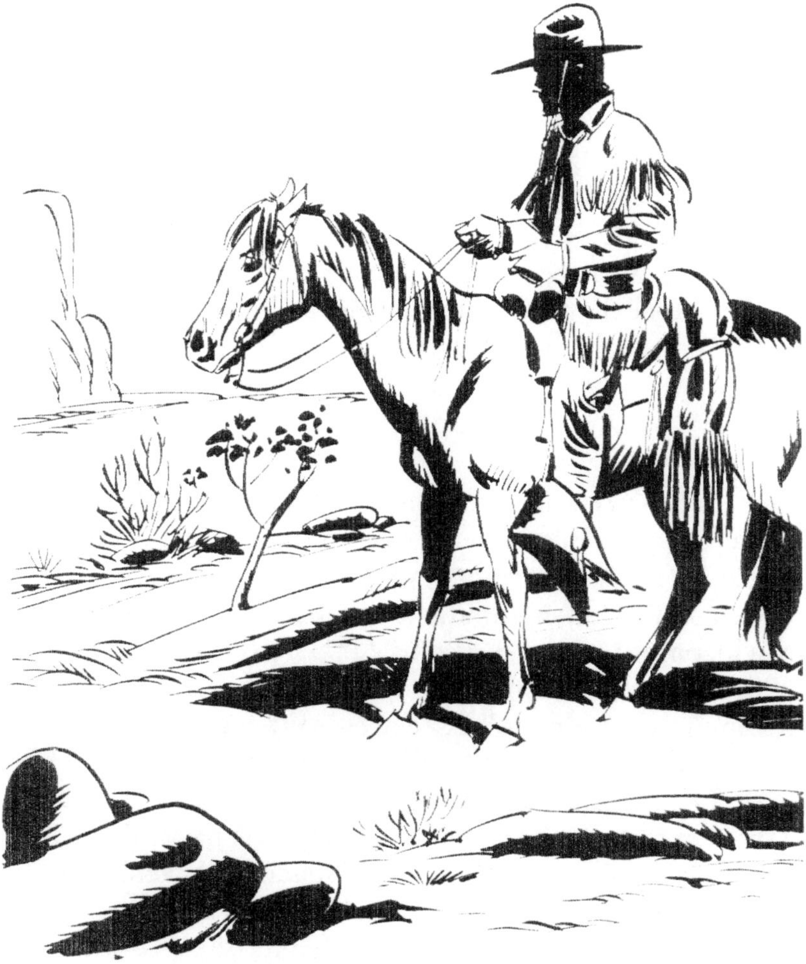

ser assaltado em plena viagem pelos numerosos bandos de foragidos que vagavam por aqueles lados. E até era forçoso admitir que os assaltos aos trens eram mais freqüentemente empreendidos por homens brancos do que por índios. Em todo caso, estes últimos só o faziam por um ancestral ódio pela nossa raça, e porque os incomodava que o cavalo de fogo cruzasse as pradarias, enquanto os brancos eram motivados por ganância e lucro.

A tarde caía e a cada instante se tornava mais difícil observar, daquela distância, os movimentos dos trinta índios. Mas como precisava conhecer bem suas intenções, pedi a Winnetou que voltasse para onde havíamos deixado nossos cavalos, e me esperasse.

— Quando meu irmão correr algum perigo, imite o grito de uma galinha campineira, e eu acudirei — aconselhou.

— Assim o farei, Winnetou.

Capítulo II

Sob o risco de perder meu couro cabeludo, aproximei-me mais e assim pude saber o que planejava aquele grupo. Estavam amontoando pedras sobre a linha do trem, e haviam escolhido bem o local para descarrilhar a locomotiva, depois de uma curva do caminho onde se ocultariam, enquanto esperavam o trem, e assim poderiam matar todos os passageiros, roubando não só seus pertences, como suas cabeleiras também.

Encontrava-me num estado de excitação terrível, porém a escuridão da noite me disse que não teria mais tempo a perder. Da minha habilidade ou engenho podia depender a vida de muitos viajantes incautos, que teriam pouca possibilidade de defender-se deste ataque surpresa.

Por isso, voltei a deslizar silenciosamente, palmo a palmo, refreando a impaciência que sentia para voltar aonde estava esperando meu amigo com nossos cavalos. Quando cheguei, o pus a par de tudo, e no mesmo instante, sacamos nossas facas, sem trocarmos palavra, e nos pusemos a trabalhar.

Tratava-se de cortar uns galhos que poderiam arder, para arrastá-los abaixo, na direção oposta onde os índios ponkas armavam sua emboscada.

— O faremos quatro ou cinco milhas via abaixo — propus.

— Não precisa tanto, não poderão nos ver daqui.

Quando os galhos e a erva seca estavam bem amarrados, salpiquei com pólvora para que ardesse melhor e depois de uma longa espera, que me pareceu angustiosa, vimos aproximar-se o farol da locomotiva. Também ouvia-se o ruído surdo das rodas. Então, dei sinal a Winnetou:

— Agora!

Numa das mãos levava uma pequena tocha, que acendi. Avançava pela estrada, com meu cavalo, sem disparar para chamar a atenção do maquinista e seus ajudantes.

Isto evitaria que os ponkas se alarmassem, ainda que a distância em que estávamos tornava quase impossível que nos ouvissem.

Os freios da máquina funcionaram com estrépito, e eu saí da estrada para não ser arrastado pela máquina. Pus Andorinha para trotar e gritei ao maquinista e seus ajudantes:

— Parem! Os índios estão depois da curva! É um assalto que planejam!

Os viajantes, curiosos, começaram a aparecer nas janelas, despejando perguntas aos borbotões, o que tornava impossível responder. Mas disse para o guarda-freios:

— Apaguem todas as luzes.

Em poucas palavras expliquei a situação, uma vez

que o trem estava parado. Dentre os passageiros, destacou-se um homem segurando uma maleta em suas mãos enluvadas:

— Por cem mil búfalos! Se isso é certo, devemos nossas vidas aos senhores. Estou viajando a negócios, e trago aqui algum dinheiro...

— O senhor quer calar-se? — ordenou outro passageiro. — O que nos importa suas coisas? O que importa é escaparmos destes selvagens.

Outra voz gritou:

— Reúnam todas as armas! Cada homem ou mulher capaz, que se disponha a lutar!

Alguém se aproximou de mim, indagando nervosamente:

— São muitos, os índios?

— Trinta, exatamente — informei. — Mas pertencem à uma tribo muito aguerrida! São ponkas!

De repente, à minha esquerda, fez-se um rebuliço e escutei:

— Aí estão! Atirem!

Felizmente, dei-me conta a tempo, antes que aquele viajante amedrontado apertasse o gatilho. Da minha sela chutei o braço armado. Estava ele apontando para meu fiel amigo Winnetou, que se aproximava.

— Alto aí! — gritei. — Esse é meu amigo! Não disparem!

— Mas, é um índio!

— Certo, mas um índio que ajudou a salvá-los! Este é Winnetou.

Ao ouvirem este nome, muitos exclamaram:

— Winnetou! O grande chefe dos apaches!

— Ele mesmo! E a ele devem...

Uma voz profunda, forte como um trovão, gritou do último vagão do trem:

— Winnetou, aqui? Como é possível, meu irmão?

Encarei o dono daquele voz e vi que era um homem

gigantesco, quase de minha altura e de ombros largos, que balançavam ligeiramente enquanto se aproximava. Apesar da escuridão da noite, pude ver que não estava trajado como os empregados do trem, nem tampouco se vestia como os passageiros. Em poucos passos plantou-se diante do cavalo de Winnetou e abrindo os braços fortes como pás de moinho, indagou com sua voz de trovão:

— Esqueceu-se o chefe dos apaches, da voz e da figura de seu amigo?

O índio abandonou seu cavalo de um salto e, conhecendo-o bem como o conhecia, estranhei que não contivesse suas emoções, lançando-se para abraçar com força, contra seu largo peito desnudo, aquele homem:

— Nem sua voz, nem sua figura, são fáceis de se esquecer — disse o chefe apache. — Winnetou sempre teve vivo em seu coração a recordação do grande Old Firehand. O mais famoso caçador branco das pradarias.

Passei a prestar mais atenção, e disse:

— Ora! Então este gigante é o famoso Old Firehand, que tanto queria conhecer?

Mais e mais passageiros aproximavam-se, e por isto decidi desmontar também. Quando consegui abrir caminho entre os homens, toquei um daqueles ombros largos daquela já lendária figura do Oeste, perguntando:

— Então o senhor é Old Firehand!

— O próprio! E então, jovem?

— É uma grande satisfação apertar sua mão! — repliquei, estendendo-lhe minha mão.

Sempre pensei ter as mãos grandes, mas aquele homem ganhava facilmente. Enquanto apertávamos as mãos, ele dizia, um pouco confuso:

— A nenhum homem de bem nego meu cumprimento, meu jovem. Mas, com quem tenho o prazer de...?

— Este é Mão-de-Ferro — apresentou-nos Winnetou.

— Meu amigo e irmão!

Foi então que senti toda a força de Old Firehand. Quase quebrou minha mão, ao apertá-la com mais força, enquanto dizia alegremente:

— Ora! Ora! Isto sim é que é sorte! Eu também morria de vontade de colocar meus olhos em cima de Mão-de-Ferro! Mas pensava que era muito mais velho!

E sem soltar minha mão, acrescentou:

— Mas gostaria de comprovar se é certo o que dizem do senhor! É capaz de derrubar com seus punhos ao inimigo mais forte?

Não pude responder porque, entre os passageiros ali reunidos, alguém mais prudente recordou-nos:

— Que tal deixarmos as apresentações para outro dia? Temos estes índios nos esperando, e não devemos ser descorteses.

— Boa idéia! — exclamou o famoso explorador e caçador. — Vamos dar-lhes uma boa lição agora mesmo!

O guarda-freios, animando a todos os passageiros, apoiou aquela idéia e ordenou:

— Todos para dentro! E não tenham medo. Hoje a fortuna nos sorriu. Contamos com três homens realmente excepcionais. Winnetou, o grande chefe apache, Old Firehand, o melhor explorador de todos os tempos, e esse jovem que afirma ser nada mais, nada menos, que o famoso Mão-de-Ferro. Venceremos esta parada!

Capítulo III

Gostei de ver como aquele homem genial encarregava-se da situação, com serenidade e lucidez.

— O pessoal do trem não deixará seus postos — ordenou Old Firehand. — Mas todos os homens participarão da luta. Em grupos, nos aproximaremos de onde estão estes velhacos e, a um sinal, os surpreenderemos na escuridão da noite. E quando terminarmos com esses fracassados salteadores de trens, faremos outro sinal para que o comboio avance, mas lentamente, pois não sabemos se eles tentaram destruir os trilhos. Desta forma, teremos tempo para tirar todas as pedras que porventura tiverem colocado.

Reinou o silêncio depois de suas palavras, e reunidos os homens, o famoso caçador levantou um dos braços, perguntando:

— Quem vem no meu grupo?

A maioria dos homens, já com os rifles e armas nas mãos, reuniu-se em torno dele e Old Firehand os aconselhou:

— Não esqueçam de Winnetou e desse jovem gigante, senhores. O que um deles não for capaz de fazer, dificilmente Old Firehand também conseguirá. Vamos!

Divididos ao fim em três grupos, iniciamos nossa marcha, guiados por Winnetou e por mim. A primeira milha andamos sem muitas preocupações, porém, ao aproximarmo-nos do lugar onde se daria o combate, indiquei que deveriam jogar-se ao chão e avançar arrastando-se. Conosco estava um pele-vermelha, que conhecia muito bem aquelas táticas e assim, Winnetou deu o exemplo a todos.

A lua iluminava, com sua luz pálida, a planície e os poucos acidentes do terreno, o que nos permitia ver a longa distância. Claro que por ser noite, nosso intento era mais difícil, mas por outro lado, nos favorecia também.

Calculei que os ponkas deveriam ter colocado sentinelas para avisar a seus companheiros da chegada do trem, e falei isto para Winnetou, que sussurrou:

— Já pensei nisto. Vamos investigar.

Nós dois nos adiantamos arrastando-nos, e em pouco tempo vi o índio apache deslizar como um lagarto em busca do sentinela inimigo. A lua fez brilhar algo junto a sua boca e adivinhei.

A faca apache de Winnetou. Era mortal!

Não tive sorte e não encontrei o sentinela inimigo que procurava, porém a minha esquerda uma silhueta desenhou-se contra a noite, e, repentinamente, como que abatida por um raio, a vi cair, para reaparecer logo, guardando seu posto, só que agora, parecendo mais corpulenta.

Percebi então, que aquele falso sentinela dos ponkas era meu bom amigo Winnetou, que já havia se livrado do ponka. Mantinha-se naquela posição para não alarmar aos outros ponkas, se por acaso olhassem para aquele lado.

As coisas iam bem quando, inesperadamente, por causa do nervosismo de um dos passageiros, estivemos a ponto de colocar tudo a perder. Disparou ele sem querer o gatilho de sua arma, o que tornava inútil agora qualquer tentativa de surpreender os bandidos.

Depois do tiro isolado, os ponkas puseram-se em guarda, e começaram a gritar entre si, com grande excitação. Porém depois, nervosos, correram para seus cavalos.

Old Firehand, com voz tonitruante, gritou:

— Atenção! Disparem! Não podemos deixar que escapem! Atirem nos cavalos e depois neles!

Uma primeira descarga foi seguida pela do segundo grupo, comandado por Winnetou. Eu os imitei, e também ordenei fogo, disparando meu rifle de repetição, que fazia pouco tempo tinha ganho do meu amigo de São Luís.

Mas havíamos nos aproximado muito, e em menos de dois minutos, a luta generalizou-se e, não sem risco, podíamos continuar usando as armas de fogo. Entre aquele estrondo, aqueles gritos e a escuridão da noite, qualquer um poderia atirar num companheiro, tomando-o por inimigo.

Mais uma vez, Winnetou e Old Firehand deram-me o exemplo a seguir. Vi-os brandir suas machadinhas sobre suas cabeças, arremetendo contra os inimigos que estavam próximos. Desgraçadamente, não podíamos esperar grande ajuda de muitos daqueles pobres passageiros. Enquanto as coisas estavam a nosso favor, e contávamos com o fator surpresa, nenhum deles ficou para trás. Mas uma coisa era lutar a certa distância com trinta ferozes índios da belicosa tribo dos ponkas, e outra, muito distinta, lutar no corpo-a-corpo com aqueles fortes guerreiros, filhos legítimos da dura pradaria.

Correndo por aqui e ali, começaram a esparramar-se, não guardando uma frente comum, e audazes e velozes como gamos, os ponkas aproveitaram-se daquela confusão.

E por infelicidade, logo, os únicos que estavam lutando eramos nós três: Winnetou, eu e Old Firehand. Ninguém mais!

Afortunadamente para nós, muitos dos índios atacantes foram perseguir os aterrados passageiros, pensando mais em poder fugir se o fracassado plano desse errado, do que no rico butim que tinham cobiçado. Isto nos permitia mantermo-nos firmes, apesar de lutar com uma diferença de, pelo menos, três contra um.

Naquela confusão terrível, distingui o hercúleo Parranoh no meio de seu grupo, e procurei abrir caminho com minha machadinha até ele. Meu tomahawk girava sem cessar sobre minha cabeça, golpeando a torto e a direito nos ombros, braços, pernas e cabeças dos ponkas, que se encolhiam de dor, ou se esquivavam de meus golpes, voltando à luta com redobrado ardor.

Quem nunca tomou parte numa luta como esta não pode nem imaginá-la, e por mais que tentasse descrevê-la, ainda ficaria aquém da realidade. É algo único que não se pode detalhar, pelo simples motivo de que em cada segundo, em cada décimo de segundo, existem variantes e as coisas giram e giram ao seu redor como um redemoinho.

Antes de poder chegar até Parranoh, vi Winnetou livrar-se dos fortes golpes de seus inimigos e correr até ele, gritando para o chefe dos ponkas:

— Não fuja como uma cobra, Parranoh! O cão dos ponkas foge diante do chefe dos apaches! A boca sedenta da terra beberá seu sangue e as garras do abutre arrancarão a carne do traidor! Seu escalpo adornará o cinturão de Winnetou!

Para ali também corria, com não menos vontade de lutar, o gigante Old Firehand, rugindo com sua terrível voz de trovão:

— Alto aí, irmão! Não o toque! Este homem me pertence!

Mais tarde soube que Parranoh e Old Firehand odiavam-se há muitos anos. Uma questão pessoal os ligava e em poucas ocasiões, um e outro haviam se buscado, percorrendo longas distâncias e enfrentando grandes perigos.

E agora, o acaso os havia posto frente a frente, naquela noite.

Contra toda a lógica, Parranoh não fez caso do primeiro inimigo que vinha para cima dele. Esquivou-se da arremetida de Winnetou, com extrema habilidade, afastou-o com um safanão e partiu ao encontro de Old Firehand, rugindo:

— Filho de coiotes! Finalmente te encontro!

Naquele instante, eu acabava de dar cabo do índio ponka que me atacava e poderia disparar sem medo de ferir meus amigos. Mas por algum motivo me contive.

Quem sabe porque, ao ver que Parranoh aceitava a luta nobremente, não quisesse privar Old Firehand do prazer de medir suas forças com ele.

Por isso não disparei.

Capítulo IV

Logo, tive que mudar de opinião.

Parranoh não se dispunha a lutar frente a frente contra seu inimigo, e sim com a ajuda de seus índios.

A um sinal seu, vários de seus homens lançaram-se sobre Old Firehand e sobre Winnetou, que estava caído no chão, tendo ambos que lutarem desesperadamente, com todas as suas forças, enquanto o chefe dos ponkas ordenava:

— Matem-nos! Não têm vergonha de serem vencidos por estes vermes?

Depois de dizer isso, deu meia-volta e correu vertiginosamente, perdendo-se por entre as sombras da noite, adivinhando suas intenções, lancei-me atrás dele a toda velocidade.

Com satisfação, notei que Parranoh corria em ziguezague, como é o costume dos índios para desorientar os inimigos. Eu, ao contrário, o fazia em linha reta, porque sabia exatamente para onde ele queria ir: alcançar os cavalos para completar sua covarde fuga.

Pouco a pouco, fui-lhe ganhando distância e ao fim, com supremo esforço, lancei-me sobre ele. Consegui prender suas pernas com minhas mãos, e rolamos pelo chão. Neste momento, levantei-me e tive que pegar minha faca, já que sua gigantesca figura já saltava sobre mim, esgrimindo a sua.

Novamente rolamos pelo chão. Ora eu conseguia estar por cima, outras, meu inimigo conseguia reverter a situação, porém sempre segurando a mão armada, evitando uma estocada mortal. E foi num desses momentos de vertiginosas voltas quando, ao rodar Parranoh com todo seu formidável peso sobre mim, o ouvi lançar um rugido de dor e relaxar os músculos.

Estava morto.

Consegui tirar o corpo de cima de mim, suando abundantemente. Sentia todo o meu corpo dolorido, resultado da árdua luta. Quando passei a mão no rosto, olhando o homem vencido, notei que estava sangrando, resultado de algum corte.

Escutei passos na noite, e me voltei de imediato, pegando minha faca. Sabia que ali haviam mais índios ponkas e que algum deles poderia vir tentar terminar comigo. Vi-me num dilema: fugir ou esperar? Resolvi esperar.

Meus temores eram infundados, ao final, pois a sombra que corria em minha direção era Winnetou, que havia vindo ver como estava. Vendo Parranoh morto, disse:

— Meu irmão é rápido como uma flecha apache, e sua faca nunca erra.

— Obrigado, Winnetou, mas acho que neste caso foi ele próprio quem se matou, ao rodar sobre mim. Tive sorte.

Enquanto o chefe apache olhava o cadáver, perguntei:

— Onde está Old Firehand?

— Não tema, é forte como um urso quando cai a neve. Mas seus pés sentem o peso dos anos.

E apontou o inimigo vencido, acrescentando:

— Não pensa em adornar-se com o escalpo deste homem?

Eu sempre respeitei os costumes indígenas, mas sentia-me incapaz de cortar a cabeleira de um inimigo vencido, e adornar meu cinto com tal troféu. Por isso, disse a Winnetou:

— Dou-lhe de presente, se quiser.

Não rechaçou meu presente. Aquilo denotava o ódio que devia sentir por aquele branco renegado, que havia conseguido elevar-se à categoria de chefe de uma das tribos mais belicosas do Oeste. Não quis presenciar a operação e me virei de costas, permitindo-me então distinguir várias pessoas aproximando-se. Temia que fossem os ponkas, e com um fio de voz adverti meu amigo:

— Fará bem se deixar isso e esticar-se no chão, Winnetou. Ou terá que defender o seu próprio escalpo.

Num instante, rastejando, afastamo-nos dali, e dentro em pouco o grupo de índios aproximava-se, e pu-

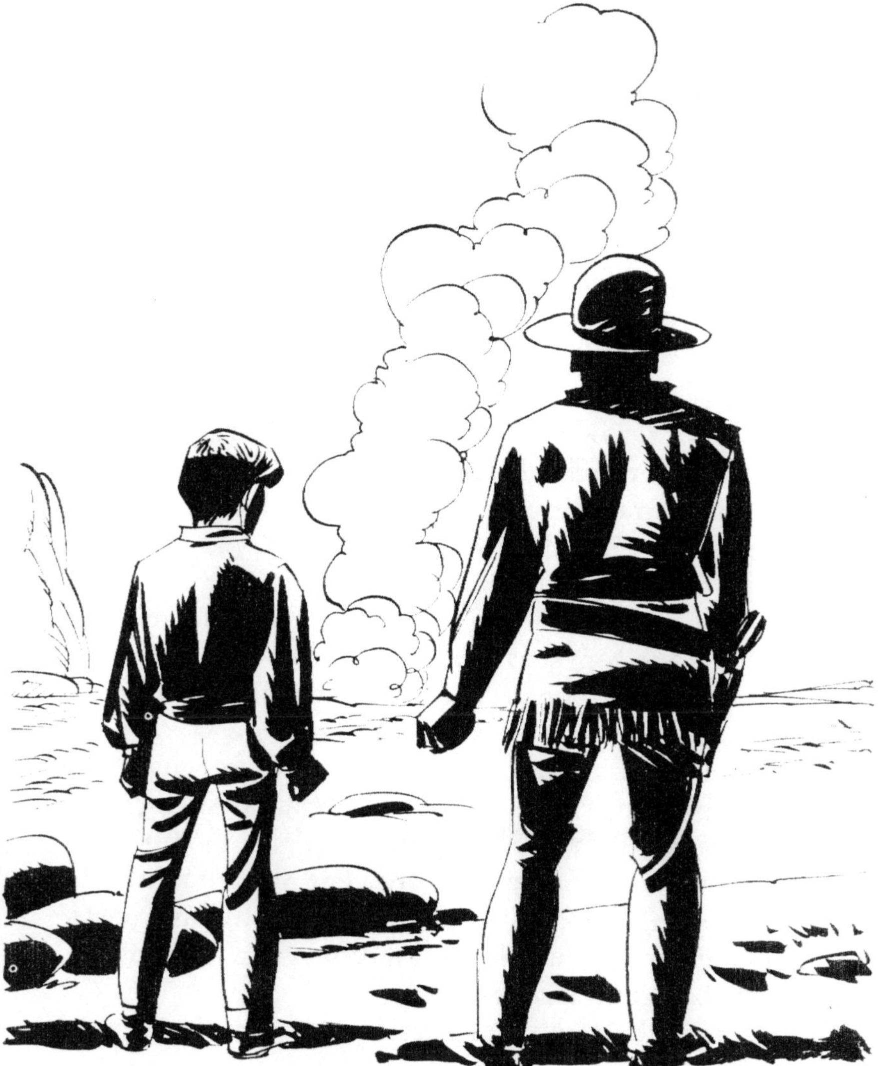

xando os cavalos pelo bridão, planejavam encontrar-se com o chefe que havia fugido.

Quando descobriram o corpo de Parranoh ali estendido, e sem o escalpo, começaram a gritar e gesticular acaloradamente. Aquela não tinha sido uma boa noite para eles, pois haviam perdido não só o butim mas também vários companheiros.

Senti a respiração de Winnetou próxima a minha orelha, advertindo-me com uma só palavra:

— Os cavalos.

Compreendi perfeitamente. Uma das boas coisas da nossa amizade era isso: com um só olhar, com uma só palavra, Winnetou e eu nos entendíamos. Aquele era o instante propício e numa veloz carreira aproximamo-nos dos cavalos, aproveitando que os índios estavam perto do corpo do chefe, falando furiosamente.

Galopamos furiosamente, esporeando os cavalos, e os ponkas, talvez em vista das baixas que já haviam sofrido, não nos perseguiram, conformando-se em atirarnos umas poucas flechas, que não acertaram, e em encher a noite com seus gritos e insultos.

Dentro em pouco chegávamos ao lugar inicial da luta, guiando-nos pelas fogueiras que nossos amigos haviam acendido e ante as quais as mulheres cuidavam e enfaixavam os feridos. Um pouco mais afastado, pude ver um amontoado de corpos.

Eram os índios ponka que, em seu louco afã de rapinagem, desejando exterminar todos os passageiros do trem para roubá-los e também obter os escalpos, haviam encontrado a morte.

Um justo castigo ante o desejo de cometer-se tal atrocidade.

A "Fortaleza"

Capítulo Primeiro

As pedras já não estavam sobre os trilhos e o trem havia chegado até ali, mas alguém estava faltando, e por mais que se procurasse, não encontramos Old Firehand.

Ninguém foi capaz de dizer-nos onde podia estar o famoso explorador, e uma vez mais, eu e Winnetou trocamos um olhar, e o chefe apache falou, expressando meus pensamentos:

— Meu irmão Old Firehand deve ter ido reconhecer o terreno, para ver se estes abutres traiçoeiros nos preparam outra armadilha. Vou sair com Mão-de-Ferro em sua busca.

Todos os viajantes nos olharam, e uma bela mulher se adiantou até Winnetou, rogando:

— Esqueçam este homem e não se metam em mais perigos. Não tiveram já o bastante?

Com sua mão branca e bem cuidada, nos apontou dos pés à cabeça, chamando a atenção de todos sobre nossa aparência, e acrescentando com certa raiva:

— Não viram como estão? Pois então olhem! Cheios de hematomas, cortes, sangue e...

Também com dignidade, o chefe apache replicou:

— Winnetou nunca abandona um amigo.

Não teve que perguntar-me se eu era da mesma opinião. Por isso, tornamos a montar, e Winnetou falou em voz alta, para que todos pudessem escutar:

— Se quiserem nos esperar aqui, melhor. Mas os homens vermelhos podem voltar. Decidam quem vai organizar a defesa e entrem logo. Dentro dos vagões será fácil terminar com estes abutres.

Esporeou o cavalo e eu o segui, voltando a entrar nas sombras da noite. A luz da lua era demasiado fraca para que pudéssemos distinguir algo a longa distância, de modo que precisávamos contar com os ouvidos e nossos instintos. Mas tanto Winnetou como eu, estávamos acostumados a assim fazer e com as devidas precauções, seguimos explorando os arredores para procurar algum indício de nosso amigo desaparecido.

Pouco a pouco nos afastamos e o mais absoluto silêncio nos rodeou. Parávamos de quando e quando e, depois de um tempo, um grito sufocado nos chegou debilmente, parecendo estar vindo de muito longe.

— Deve ser Old Firehand! — disse a Winnetou.

— Certo, nenhum dos ponkas fugitivos iria delatar-se desta maneira!

Galopamos velozmente, sempre nos guiando pelo ouvido, mas tomando direções distintas: Winnetou dirigiu-se para o norte, e eu para o leste. Desta forma, poderíamos explorar mais terreno, e pouco depois eu tive a sorte de encontrá-lo.

Confusamente, entre a escuridão da noite, distingui um grupo de homens que pareciam lutar entre si, o que me obrigou a esporear Andorinha, algo que fazia muito raramente.

Entre aqueles homens que lutavam, estava aquele que procurávamos, e para animá-lo em seu valoroso empenho, gritei:

— Vamos lá, Old Firehand! Acabe com eles!

Antes de lançar meu cavalo contra o grupo, pude ver o explorador com um dos joelhos no solo, defendendo-se valentemente com sua machadinha do feroz ataque daqueles três homens. Eram índios ponkas e junto a eles, podia-se ver outros três caídos no chão, sem dúvida alguma derrubados por aquele homem enorme, que mostrava ali não ser vã a fama adquirida em todo o Oeste.

Notei que cada golpe que lançavam contra ele poderia tirar-lhe a vida, e como ainda me encontrava distante deles, decidi usar meu rifle de repetição. À luz enganosa da lua, e procurando esquecer que minhas balas poderiam acabar por matar o homem que tentava socorrer, sem parar o galope, disparei. Era um risco tremendo, pois com o pulso alterado pela angústia daquele momento, a respiração difícil, e o movimento do galope em que me encontrava, havia a probabilidade de acertar em algo que eu não tinha mirado.

Minha vida aventureira já me havia ensinado que, em determinado momento, o pior que pode ocorrer a um homem é que a dúvida o domine. A sorte está do lado dos audazes, e nunca me esqueci de um provérbio árabe, que diz:

"O mundo é de Alá, mas Alá só o cede para os valentes."

Apertei o gatilho três vezes consecutivas e logo pude ver que os três índios caíam, como que derrubados por um raio. E foi tal o meu entusiasmo por não haver ferido o explorador, que continuei o galope, gritando no meio da noite, lançando meu rifle para o alto:

— Acertei! Acertei! Viva!

Old Firehand, de joelhos, respirava com dificuldade, e deixou cair sua machadinha no chão, não parecendo encontrar forças para levantar-se, mas olhando para mim, suspirou e falou, ofegante:

— Graças a Deus! A isto chamo ser oportuno, meu jovem amigo! Chegou justamente no momento mais crítico.

— O senhor está ferido? Pode levantar-se? Não creio que seja nada grave.

— Não tema. Old Firehand está velho, mas ainda

tem seu valor. Mas acho que tenho as pernas feridas, pela machadinha dos ponkas...

Saltei do cavalo, lançando-me sobre ele.

— Isso resulta em grande perda de sangue. Não se mova, isso diminuirá a perda. Vou examiná-lo.

Estendi-o no chão e confirmei que as feridas eram profundas, e poderiam ser fatais. Mas ele, ainda respirando penosamente, falou divertido:

— É um atirador de primeira! Com esta luz mortiça, e galopando como um centauro sobre esse veloz cavalo... Acertou os três!

— Poderia ter ferido o senhor.

— Não acredito. Por isso te chamam de Mão-de-Ferro. Você o merece, amigo!

— Que diabos estava fazendo sozinho aqui?

— Quando o vi sair correndo atrás daquele traidor do Tim Finnetey, eu...

Eu o interrompi, ao escutar pela primeira vez aquele nome, enquanto cuidava de suas feridas:

— Disse Tim Finnetey? Mas ele não se chamava Parranoh?

— Agora que era chefe dos ponkas, sim. Mas antes, quando ainda vivia como homem branco, também cometendo assaltos, roubos e crimes, seu nome era Tim Finnetey. Um dia lhe direi o que este nome significa para mim.

— Espero que possa fazê-lo. Suas feridas são profundas.

— Sim, tenho que reconhecer que esses selvagens sabem manejar bem suas machadinhas.

— E o senhor então! Deu conta destes outros três!

— Foram os primeiros que se lançaram traiçoeiramente contra mim, surpreendendo-me enquanto explorava estas imediações. Não sabia onde você e meu amigo Winnetou estavam. Eu os vi desaparecer e calculei que os ponkas, em sua desordenada fuga, poderiam esbarrar com vocês...

Disse as últimas palavras prendendo a respiração, porque eu estava ainda cuidando de suas feridas. Mas daqueles lábios não partiu nem uma queixa. Simplesmente ficou silencioso. Nada mais do que isso.

— Não se canse — roguei. — Winnetou logo se reunirá a nós e então, veremos como transportá-lo.

— Teriam me matado, se não fosse por você, meu jovem amigo. Nunca esquecerei da dívida que tenho com Mão-de-Ferro.

Winnetou chegou e, antes de descer do cavalo, com uma rápida olhada, entendeu o que havia acontecido. Suas negras pupilas se cravaram nos seis ponkas, e então disse, amargamente:

— Assim morrem os traidores que planejam matar inocentes!

Depois disto, inclinou-se sobre o ferido, e perguntou carinhosamente:

— Como está meu irmão Old Firehand? Vejo que passarão muitas luas antes que possa tornar a cavalgar.

— Vamos levá-lo para o trem, Winnetou — propus.

— Pesa tanto quanto nós...

— Não é o peso, Mão-de-Ferro. Qualquer um de nós poderia carregá-lo nos ombros, e além disso, nossos cavalos aqui estão. Mas com tantas feridas, se o removermos perderia mais sangue. Winnetou fará uma maca, e assim poderemos transportá-lo melhor, sem que corra perigo.

Pareceu-nos uma excelente idéia e enquanto eu terminava de enfaixar o melhor que podia as feridas do explorador, com a ajuda de sua faca apache, Winnetou construiu uma maca improvisada.

O traslado do ferido não demorou muito tempo, e quando regressamos, acreditando que o trem estaria nos esperando, tivemos a decepção de ver que eles já haviam partido.

A lua ocultava-se com a claridade do amanhecer e Winnetou, olhando para a ferrovia, com certa tristeza, disse:
— Lutamos por eles e nos abandonaram. Porque agiram assim? Meus irmãos brancos sabem porque sua gente é tão ingrata?

Acreditei que meu dever era consolar o filho das pradarias e, enganando a mim mesmo, tentei justificar:
— O medo é o melhor conselheiro, meu caro amigo. Devem ter temido que mais índios ponkas viessem, e os exterminassem. Compreenda, Winnetou, neste trem não só viajavam homens, mas também muitos anciãos, mulheres e crianças. Por acaso o grande chefe dos apaches teme não sair bem de suas empresas?

Olhou-me como somente Winnetou sabia fazer, com seus grandes olhos negros, profundos e expressivos. E depois disse:
— Bem sabe Mão-de-Ferro que Winnetou nada teme. Mas o que fizeram dói-me! Bem aqui!

E ele apontou para o seu coração.

* * *

Por causa dos graves ferimentos de Old Firehand, tivemos de nos deter ali por mais de uma semana.

Mas nem eu nem Winnetou ficamos ociosos. Primeiro, decidimos nos afastar da ferrovia, pelo menos umas poucas milhas. Foi o que fizemos, mas não sem levarmos a infinidade de coisas que, na batalha, índios e brancos haviam deixado ali, abandonados.

Também localizamos três cavalos ponkas, desgarrados, e foi nestes animais de pêlo áspero e pernas curtas que Old Firehand voltou a montar. Ainda estava muito debilitado, e não podia enfrentar uma longa jornada, e com um olhar, Winnetou e eu decidimos que o melhor era esperarmos mais.

Tornamos a mudar de lugar, buscando um mais propício para a nossa espera, que tivesse boa forragem para os animais, água em abundância e caça que nos proporcionasse carne fresca. Para não chamar a atenção sobre nós, as armas de fogo permaneciam travadas. Com as armadilhas que preparamos, e uma rede que Winnetou sacou de seu alforje, a caça nos resultava até mais divertida e recordo que, durante aqueles dias, muitas horas passamos assim.

Também recordo que em uma das noites em que eu e Old Firehand permanecíamos juntos à pequena fogueira do acampamento improvisado, vi o explorador levantar coxeando e anunciar:

— Já é hora de fazer algo. Vou render guarda a você e a este índio cabeçudo.

E ainda perto da fogueira, gritou ao nosso sentinela:

— Não quer meu irmão repousar um pouco, perto da fogueira? Aqui estamos bem escondidos!

Ouvi a voz de Winnetou respondendo:

— Os olhos de um apache velam sempre. Winnetou não se fia na noite, porque ela é mulher.

Quando Old Firehand regressou para junto do fogo, sem conseguir que o apache o deixasse montar guarda em seu lugar, e recordando as palavras sentidas do índio, disse-lhe:

— Ele odeia as mulheres.

Old Firehand não me respondeu no mesmo instante, ocupado em abrir uma caixa que levava no colo, tirando um velho cachimbo que encheu de tabaco. Enquanto o acendia, resmungou:

— Não é certo. Winnetou não odeia as mulheres. Sei disso muito bem!

Aquilo me cheirava a uma confidência, e perguntei:

— Porque diz que sabe muito bem?

— Em um homem singular como esse apache, as aparências enganam, meu jovem amigo. Recordo que houve uma mulher, por quem Winnetou guerreou contra mil homens... Ou mil diabos!

Fiquei pensativo, ao imaginar porque Winnetou jamais havia me dito tal coisa e, curioso, indaguei:

— E porque não a levou para sua tenda?

— Porque ela amava outro homem. E este homem a quem ela amava, era o melhor amigo de Winnetou.

Já não podia conter-me, e perguntei diretamente:

— Diga-me, por favor, como se chamava este homem?

Observei o explorador dar várias cachimbadas, baforar para o céu e, depois de um curto silêncio, confessar:

— Esse homem... Agora todos o chamam de Old Firehand... Compreende?

Já compreendia tudo!

Fiquei olhando-o, surpreso, pois diante de mim, adivinhava um drama interno entre dois homens tão vigorosos e honrados.

Diante de meu silêncio, enquanto pensava nisto, Old Firehand prosseguiu:

— Deixemos em paz o passado. E não se ofenda se não lhe conto mais detalhes. Não obstante, quero que saiba que, apesar do pouco tempo que nos conhecemos, seria você a única pessoa com quem teria coragem de desabafar. E não somente porque já me salvou a vida duas vezes, mas porque sinto uma profunda simpatia por você.

— Sinto-me honrado que o famoso Old Firehand tenha tão bom conceito sobre mim. Também quero que saiba que o aprecio muito.

Ele sorriu, e balançando a cabeça, replicou:

— Eu sei, eu sei. Já me provou até em excesso.

Ficamos em silêncio, mas aquela noite assolou-me uma onda de curiosidade ao saber que meu bom amigo

Winnetou havia dado, tempos atrás, o coração a uma mulher. Até então havia me ocultado este segredo, mesmo considerando-me seu irmão de sangue.

Mas não tinha outro remédio senão ter paciência e não forçar, nenhum dos dois, a uma confissão que poderia machucá-los.

Porque a amizade, a verdadeira amizade, deve estar fundamentada no respeito mútuo.

* * *

Graças à sua saúde de ferro, a cura de Old Firehand progrediu mais rápido do que esperávamos, e poucos dias depois daquela conversa, pudemos levantar acampamento.

Mais conhecedores daquela região do que eu, os dois decidiram que devíamos cruzar o território das tribos rapachos, fazer o mesmo com as terras que pertenciam aos paunias, chegando assim a Mankizila, onde Old Firehand dizia ter sua "Fortaleza".

Aquela palavra me soou estranha, e diante de minhas perguntas, o velho explorador contentou-se em me explicar, bastante lacônico:

— Quando chegarmos, verá que não exagero ao chamar de minha "Fortaleza". Mais do que minhas palavras, desejo que compreenda com seus próprios olhos.

As primeiras jornadas não foram longas, para dar tempo a Old Firehand de adaptar-se ao cavalo novamente, e para que suas feridas não tornassem a abrir. Mas na noite em que acampamos junto ao rio Kehupán, enquanto preparávamos o acampamento, nos disse, muito decidido:

— Amanhã nada de passearmos. Meus homens devem estar impacientes na Fortaleza e a temporada de caça está passando. Não quero que tenham mais tamanha consideração comigo, já que lhes proporcionei muitos inconvenientes.

— Winnetou não quer que cavalgue muito.

Olhou-me com censura, resmungou:

— Winnetou? Não minta, amigo, pois você é quem se empenha em ser minha babá. Ele me conhece mais do que você e sabe muito bem que uns arranhões na pele não significam grande coisa para Old Firehand.

— Arranhões? — repliquei. — Pois com estes arranhões, qualquer homem já estaria morto há dias.

Não havia presunção, quando me respondeu:

— É que não sou um homem qualquer, amigo. Não se esqueça!

Ao tirar as coisas de meu alforje, saiu rodando um anel de ouro que guardava ali desde a noite do grande incêndio de New-Venango, quando todas as instalações petrolíferas tinham ardido. Eu tinha encontrado o anel entre minhas roupas e calculei que devia pertencer a Harry, o menino que salvei levando-o para fora do povoado com o meu cavalo. Como Harry havia se separado de mim com violência, e havia me desprezado na manhã seguinte, não lembrara de devolvê-lo, e o estava guardando comigo.

Mas Old Firehand, ao vê-lo sair rodando de meu alforje, cravou os olhos em mim e perguntou, apressadamente:

— É seu este anel? Permite-me que o veja?

Acedi ao seu desejo imediatamente, e entreguei-lhe o anel, que ele ficou admirando, antes de tornar a perguntar, desta vez asperamente:

— Quem lhe deu este anel?

Em poucas palavras relatei-lhe o sucedido, e quando terminei, ele tomou-me as mãos e perguntou, angustiado:

— É certo que New-Venango ardeu? Disse-me ter conhecido Emery Forster e Harry... Mas... Posso acreditar que nada mesmo aconteceu ao menino, Mão-de-Ferro?

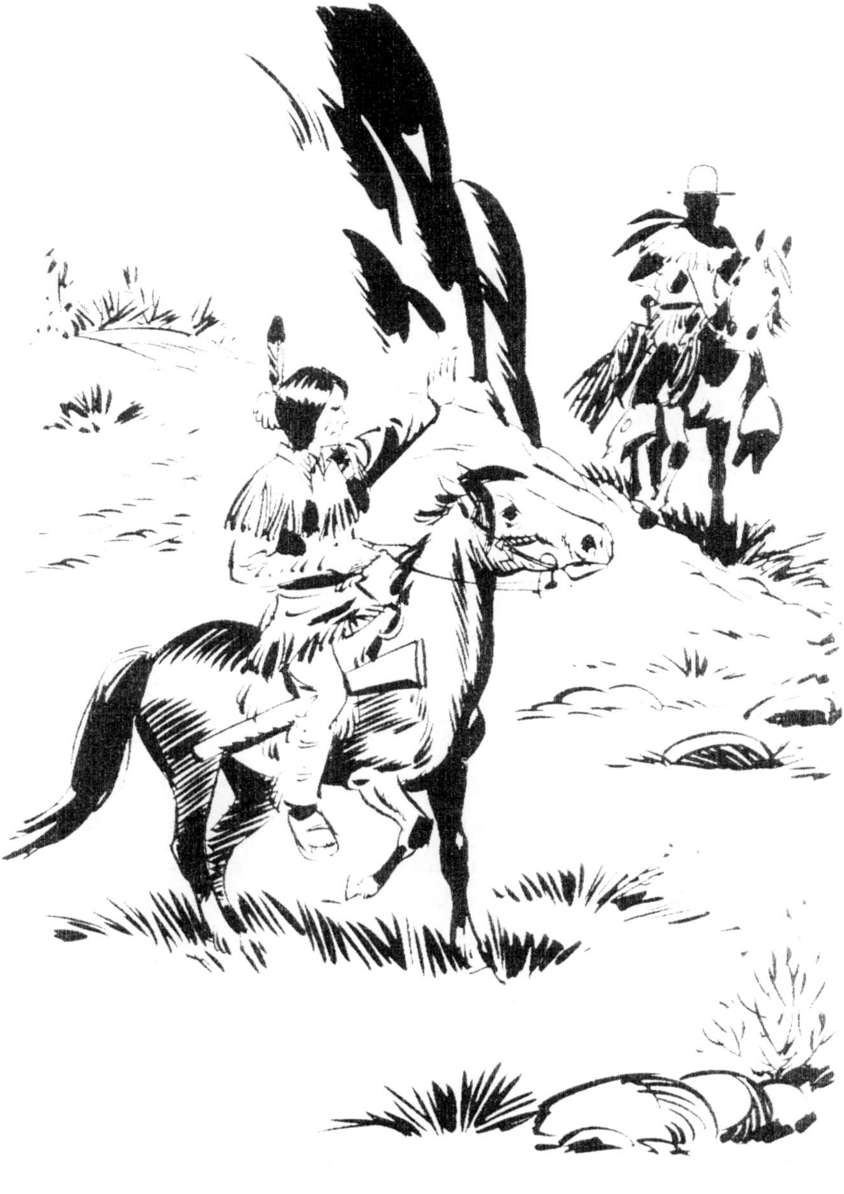

— Acalme-se, por favor. Contei-lhe tudo o que se passou. Afortunadamente, o levei à força no meu cavalo e pude salvá-lo. Perdeu o anel enquanto debatia-se em cima do cavalo. Mas não compreendo o que você tem a ver com ele...

— Tenho um direito sagrado sobre este anel! Um direito mais santo e mais inviolável que nenhum outro na terra! — exclamou.

Winnetou aproximou-se, ao ver o estado de agitação do amigo. Eu já tinha percebido que ele conhecia o Príncipe do Petróleo e o pequeno Harry. Percebi também que Old Firehand tinha uma centena de perguntas que desejaria me fazer, mas engoliu-as, limitando-se a dizer secamente:

— Se sabia que o anel pertencia ao menino, deveria tê-lo devolvido.

— Pensei fazê-lo no outro dia, quando voltei ao vale quase totalmente queimado. Mas me receberam com patadas, chegando inclusive a ameaçar-me com a forca.

— Tomaram-no por um covarde. Nada aborrece mais Harry que a covardia.

— Pois neste caso o menino foi injusto - interveio Winnetou. — Pelo que contou, Mão-de-Ferro nada poderia ter feito, senão salvá-lo e sair daquele inferno em chamas.

Notei que Old Firehand nem parecia escutar-nos, rodando o anel na mão. Queria perguntar-lhe como conhecia o menino, mas com um olhar Winnetou fez-me calar, e refrear minha curiosidade.

Pouco depois, Old Firehand já nos ajudava a terminar de arrumar o acampamento para aquela noite, e anunciou, pegando o rifle:

— Eu farei o primeiro turno.

— Pois bem... Irei preparar o jantar.

Winnetou sentou-se do modo apache, cruzando as pernas, e ao cruzarmos os olhares, ele me sorriu. Mas seus lábios não queriam falar, eu o conhecia bem, e por isso decidi não forçar suas confissões.

O tempo tudo aclara.

Capítulo II

Quando chegou minha vez de render guarda, Old Firehand devolveu-me o anel, dizendo:
— Tome, cabe a você devolvê-lo a seu dono. Perdoe-me a rudeza de antes.
— Não tenho nada a reclamar, Old Firehand. Mas gostaria de saber algo mais sobre este menino.
— Outro dia. Tudo que me contou sobre o ocorrido em New-Venango me transtornou e não tenho vontade de falar.

E emendou, mais alegremente:
— Deixou-me algo para jantar? Estou com fome!
— Encontrará tudo junto ao fogo. Durma bem!
— E eu desejo-lhe uma boa guarda!

Do meu posto de sentinela o vi jantar com apetite, e depois enrolar-se nas mantas. Seus movimentos ágeis demonstravam estar ele quase que completamente curado das feridas. Só uma natureza forte como a dele era capaz de uma recuperação tão rápida. E eu recordava o que me havia dito Old Firehand, certo dia:

"É que não sou um homem qualquer."

É certo que não o era, e eu me encontrava encantado com minha sorte que pusera no meu caminho este homem tão singular. Na vida, muitos seres humanos passam anos conhecendo centenas e centenas de homens e mulheres, sem que nenhum deles se destaque, deixe alguma marca. Por isso deve-se sempre agradecer ao destino que, de vez em quando, para que nos sirvam de estímulo e exemplo, nos põe em frente seres fora do comum.

Homens únicos.
Ao despertar do outro dia, encontrei-me sozinho junto à fogueira, quase extinta. Calculei que meus companheiros não deviam estar muito longe, e saí das mantas para ir lavar-me no rio. Ali estavam Winnetou e Old Firehand conversando, e a atitude que tomaram ao ver-me chegar, fez-me compreender que eu era o objeto da conversa.

Um pouco mais tarde retomamos nossa viagem, numa direção que nos conduziria a umas trinta milhas do Missouri, para alcançar a corrente do rio e a região de Mankizila.

A temperatura era fresca, nossos cavalos estavam descansados, e os três íamos bem. Os animais eram soberbos mas, com orgulho, tive que reconhecer que dos três, Andorinha era o melhor.

Durante o início daquela jornada, não deixei de estranhar a mudança de atitude de Old Firehand para comigo. Tratava-me com grande consideração, freqüentemente vinha conversar comigo e até atreveria-me a dizer que em seus olhos, em suas palavras e em seus gestos, adivinhava-se um profundo respeito para comigo.

E confesso que era bastante agradável ver como aqueles dois homens, que uniam-se por uma franca e antiga amizade, esforçavam-se em demonstrar seu mútuo afeto por mim, pois Winnetou também se mostrava mais amável que de costume, e também sorria-me abertamente, de vez em quando.

Quando paramos ao meio-dia, para comermos, aproveitando que Old Firehand havia se afastado para explorar os arredores, meu amigo apache comentou:

— Meu irmão branco é ousado como o grande gato da selva e mudo como uma rocha.

Guardei silêncio diante de tão estranho prólogo, e Winnetou acrescentou:

— Atravessou as chamas do azeite da terra e salvou um menino.

— Mas eu já o tinha contado.

— Mas não com tantos detalhes. Sempre teme que o elogiem.

— Eu já o escutei dizer que a língua do homem é uma faca embainhada, aguda e cortante, que não deve ser usada.

— Meu irmão branco é sábio e tem razão. Mas podia ter-me contado com mais detalhes o que ocorreu neste incêndio em New-Venango.

— Não o fiz, para que não parecesse presunção. Não porque guarde algum segredo de você.

Lembrei-me do que Old Firehand havia dito sobre a mulher, que ambos haviam amado e acrescentei ironicamente:

— Você sim, é que esconde segredos de mim!

Ele entendeu o que eu estava falando, e voltando à sua habitual seriedade, disse:

— O grande Old Firehand falou com meu irmão Mão-de-Ferro. E não nego que Winnetou amou a uma mulher. Porém o amor não vive na boca.

— Bem, se isto te aborrece, deixemos para lá. Diga-me, conhece também o jovem Harry?

— Sim, o carreguei em meus braços, ensinei-lhe a conhecer as flores do campo, a distinguir as gramas da pradaria, as árvores do bosque, os peixes da água, e as estrelas do céu. Ensinei-lhe a disparar flechas, a domar o potro selvagem. Ensinei-lhe a língua dos homens vermelhos e também...

De repente, ele interrompeu-se, e eu o incitei para que continuasse, sentindo-o muito mais loquaz que o costume.

— Mas continue... O que mais ensinou a este menino que salvei?

— Também o presenteei com uma arma de fogo, cuja bala matou Ribanna, a filha dos asineboins.

Boquiaberto e assombrado, fiquei olhando para Winnetou, sentindo que minha mente começava a penetrar pouco a pouco em uma suspeita que não me atrevia a traduzir em palavras ou em novas perguntas. Ouvi Old Firehand aproximando-se e ao ver a figura do famoso explorador, a verdade explodiu em minha cabeça como uma bomba.

O jovem Harry era o filho de Old Firehand!

E aquela índia chamada Ribanna, era a filha do chefe dos asineboins...

Não quis pensar mais nisso, e concentrei-me no meu trabalho.

Capítulo III

Novamente em marcha, como se os cavalos adivinhassem que nos encaminhávamos para algum lugar seguro e secreto, trotavam alegremente, mesmo naquele íngreme agreste montanhoso que os obrigávamos a escalar.

Ao chegarmos lá em cima, vi que nos encontrávamos sobre um barranco que, ao que parece, conduzia perpendicularmente ao curso do rio, que se adivinhava dali, à distância. Era um autêntico labirinto de rochas, recôncavos e estreitas passagens. De repente, entre o matagal, apareceu o reluzente cano de um rifle, seguido de um grito:

— Alto lá!

Old Firehand adiantou-se, levantando os braços e no mesmo instante, a sentinela que se escondia por entre as folhagens apareceu. Parecia-me que ele expressava dois sentimentos distintos: alegria e assombro. Debaixo de um velho chapéu de feltro, a primeira coisa que se distinguia era sua vasta e descuidada cabeleira, mas o que mais chamava a atenção era o enorme nariz, digno do melhor e mais agudo dos olfatos. Os olhos, vivos e penetrantes, pareciam dotados de uma mobilidade extraordinária, a julgar por sua expressão e porque iam de um a outro cavaleiro que estavam plantados em sua frente. A roupa do homem também era estranha: um velho casaco de couro, que a julgar pelo estado, pertencia à época dos faraós. Quando saiu do seu esconderijo, sem deixar de apontar sua arma, Old Firehand gritou, asperamente:

— Sam Hawkens... Está ficando cego?

O homenzinho avançou diretamente para mim, tirando o velho chapéu e quase fazendo cair sua cabeleira postiça, com a qual tentava ocultar o fato de que os índios havia arrancado seu escalpo. Com um cumprimento mais debochado que gentil, protestou:

— Posso provar que Sam Hawkens não tem nada nos olhos, nem bebeu sequer uma gota de licor. Senão, como poderia reconhecer este homem chamado Charles Müller, que todos conhecem como Mão-de-Ferro?

Saltei do cavalo para apertar aquela mão, e Sam Hawkens, visivelmente emocionado, exclamou:

— Como está, rapaz? Nunca imaginei vê-lo aqui!

— Alegro-me de todo coração tornar a vê-lo, caro Sam. Mas, diga-me uma coisa: nunca contou a Old Firehand que me conhecia, e que foi meu primeiro professor no Oeste?

— Claro que sim.

Virei-me sorridente para Old Firehand, que continuava montado, assim como Winnetou:

— Porque não me disse que conhecia Sam?

— Não me perguntou nada sobre ele, por isso não falei. Mas se você se recordar, quando Winnetou nos apresentou, disse-lhe que muita gente já me havia falado sobre você. Sam Hawkens foi um deles!

— Que boa sorte encontrá-lo aqui, Sam! — tornei a repetir.

O homenzinho, dedo em riste, advertiu-me:

— Pois já verá, já verá... Prepare-se para ter outras surpresas!

— Sobre o que está falando, Sam?

— Que encontrará outros velhacos como eu por aqui. Dick Stone e o espertalhão do Will Parker.

Abracei o velho mais uma vez, enquanto dizia rindo:

— Já devia suspeitar! Vocês são inseparáveis, Sam!

O velho homem do Oeste fingiu-se de triste, dizendo:

— Para minha desgraça, assim é meu jovem amigo! Esses dois coiotes não me deixam, faça sol ou faça chuva!

Creio que ali ficaríamos horas a recordar nossas antigas aventuras, se Old Firehand não interviesse:

— Quem está em casa agora, Sam?

— Todos, menos Bill Butcher, Dick Stone e Harris. Saíram para caçar. O menino também já voltou.

Uma discreta olhada para Old Firehand fez-me ver que aquele "o menino também já voltou" o havia alegrado, e disse para mim mesmo:

— Não estou enganado!

Sam Hawkens então, tornou a entrar dentro do matagal, chamando-nos:

— Avante!

Ao reiniciarmos nossa cavalgada, também pressenti que estávamos chegando à "Fortaleza" de Old Firehand. O encontro com aquele sentinela, o anunciava assim, e levado por minha curiosidade, comecei a prestar mais atenção ao terreno, procurando descobrir a entrada. Dentro em pouco abriu-se diante de nós uma profunda cavidade rochosa, coberta por espessas sarças. O solo era um arroio, cujo leito duro e pedregoso não deixava que se ficasse o menor rastro. A água que corria ali era cristalina e vertia num riachuelo, por cujas margens havíamos descido até o vale.

Old Firehand foi o primeiro a entrar na abertura estreita, e nós o seguimos, caminhando vagarosamente. Havíamos avançado muito pouco quando as paredes rochosas estreitaram-se tanto que tive a impressão de que não passaríamos. Mas Old Firehand continuou em frente e eu, por minha vez, fiquei atrás de Winnetou.

Dando voltas e dobrando curvas, seguimos avançando como que emparedados, até entrarmos em outro estreito, parecido com o que havíamos acabado de passar, só que um pouco mais amplo. Ao chegarmos ao final daquele caminho por entre as rochas, nos encontramos na entrada de um magnífico vale em forma de caldeira, rodeado por todos os lados de altos muros de rochas escarpadas, completamente inacessíveis. Frondosa vegetação rodeava o vale circular, coberto de abundante grama. Pastando tranqüilamente, vários grupos de cavalos e mulas de carga. Também distingui um ou outro cão de caça.

— Isto é o que chamo de minha "Fortaleza" — anunciou-me Old Firehand. — Aqui vivemos mais seguros que no seio de Abraão.

— Não tem saída alguma para o exterior, por onde nós viemos?

— Nem para uma cobra — respondeu com visível satisfação o explorador. — Do exterior é praticamente impossível chegar até aqui, há não ser que se utilize o caminho secreto pelo qual viemos. Para saber o que existe aqui, tem-se que subir ao alto das montanhas, e explorar durante horas e horas. Mais de um pele-vermelha já passou pelo cume destas montanhas, sem imaginar que esses picos agudos não formam uma massa compacta, mas sim encerram um vale tão sedutor.

Admirado, não pude deixar de perguntar:

— Como encontrou um lugar tão especial?

— Perseguia um mapache quando cheguei aqui. Mas

antes não estava recoberto por vegetação. Isto é obra minha para impedir que olhos curiosos encontrem a entrada.

— Excelente idéia!

— Este vale salvou-me a vida muitas vezes. Não posso calcular quantas vezes, perseguido por tribos hostis, consegui enganá-los, ocultando-me aqui. Pensei então em trazer meus caçadores e aqui armazenarmos nossas peles. Gostou?

— Muito! E agora compreendo porque chama aqui de "Fortaleza"!

Continuamos nossa caminhada e logo um grupo de pessoas correu até nós, dando mostras de grande contentamento ao saudarem seu chefe. Old Firehand era quem dirigia aqueles rudes caçadores, que o rodeavam dando-lhe as boas vindas. Notei que Winnetou havia desmontado, e dado uma palmada nas ancas do seu cavalo, indicando-lhe que estava, por ora, livre para ir pastar e descansar.

Imitei o meu amigo apache, mas com a diferença que tive de desarrear Andorinha. Old Firehand parecia ter-se esquecido de nós, ocupado em conversar com os caçadores ocultos na sua "Fortaleza".

Aos poucos dei-me conta, enquanto passeava, de que aquela comunidade de caçadores deveria ser muito maior do que os que haviam acudido à nossa chegada. Pelo menos era o que indicava o número de mulheres que encontrei pelo caminho. Parecia que a maioria dos homens que utilizavam aquele vale tão oculto, deviam estar caçando e regressariam somente no princípio do inverno, cujos rigores não tardariam em fazer-se sentir.

De repente, uma pequena cabana, feita de grossos troncos, chamou minha atenção. Parecia quase colada a um dos penhascos mais inacessíveis dos que serviam de limite ao vale, como se servisse de vigia. Calculei que dali daria para se observar todo o vale até em seus mais ocultos rincões. Este pensamento me fez começar a escalar as rochas como se fosse um gato montês, o que também me servia de exercício depois desta longa jornada a cavalo.

Faltava pouco para chegar à cabana de troncos, quando de uma saliência, pude ver que da porta da casa saía um menino.

Surpreso, gritei:

— Harry! Não me reconhece?

Capítulo IV

Minha alegria ao ver aquele menino, que havia deixado no vale incendiado de New-Venango me fez saltar de uma pedra a outra, até alcançar a plataforma da pequena cabana, plantando-me por fim na frente do menino, com a mão estendida, saudando-o:

— Como está, meu amigo?

O menino não deu mostras de haver esquecido seu desprezo para comigo, e por sua vez, sem aceitar meu cumprimento, indagou, cravando os olhos em mim:

— Eu é que lhe pergunto, senhor Müller. Como conseguiu chegar ao nosso acampamento?

— Caramba, Harry... Não é assim que se recebe um amigo!

— O senhor não é meu amigo, senhor Müller. Já lhe disse isso!

Senti-me indignado com tamanha falta de consideração, e dando-lhe as costas, comecei a descer novamente até o vale, aconselhando-o:

— O rancor nunca é bom, rapaz. E muito menos quando não há motivo para tê-lo.

Quando cheguei ao vale, já era noite escura e caminhei guiando-me pela luminosidade de uma grande fogueira, ao redor da qual vi que se haviam reunido todos os que estavam ali na "Fortaleza". Inclusive o menino, o que me fez pensar, surpreso, por onde diabos ele teria passado para chegar antes de mim.

Mas meus olhos não me enganavam mesmo. Ali estava sentado Harry e, ao que parecia, muito à vontade entre aqueles homens rudes. Estava conversando sobre a caçada do dia, e como eu já estava irritado com a falta de educação do rapaz, decidi ir cuidar de Andorinha, tal como era meu costume, afastando-me da fogueira.

Andorinha recebeu-me com um alegre relincho e logo trotou para o meu lado. Afaguei sua cabeça, e caminhei até o rio, certo de que ele me seguiria. Sentei-me ali perto e, mal-humorado, fiquei lançando pedrinhas no rio.

Andorinha avisou-me, com seu característico resfolegado, que alguém se aproximava. Voltei a cabeça prontamente. Não que esperasse algum perigo dentro daquele vale. Firehand o havia chamado de "Fortaleza" e o era, realmente, mas achei estranho que alguém tivesse me seguido.

Era Harry quem se aproximava, e antes de chegar perto de mim, com voz macia, disse:

— Perdoe-me se o incomodo. Mas me recordei do seu cavalo Andorinha, a quem devo a vida!

— Diria melhor se dissesse que ambos devemos-lhe a vida. Eu também escapei de uma boa!

— Permite que eu o acaricie?

— Claro. Tenho certeza que ele gostará.

Levantei-me, para que o menino não se sentisse embaraçado com a minha presença, que tanto parecia aborrecê-lo, mas só consegui dar alguns passos, porque ele me chamou:

— Senhor Müller!

Detive-me, girando sobre os saltos de minha bota, perguntando secamente:

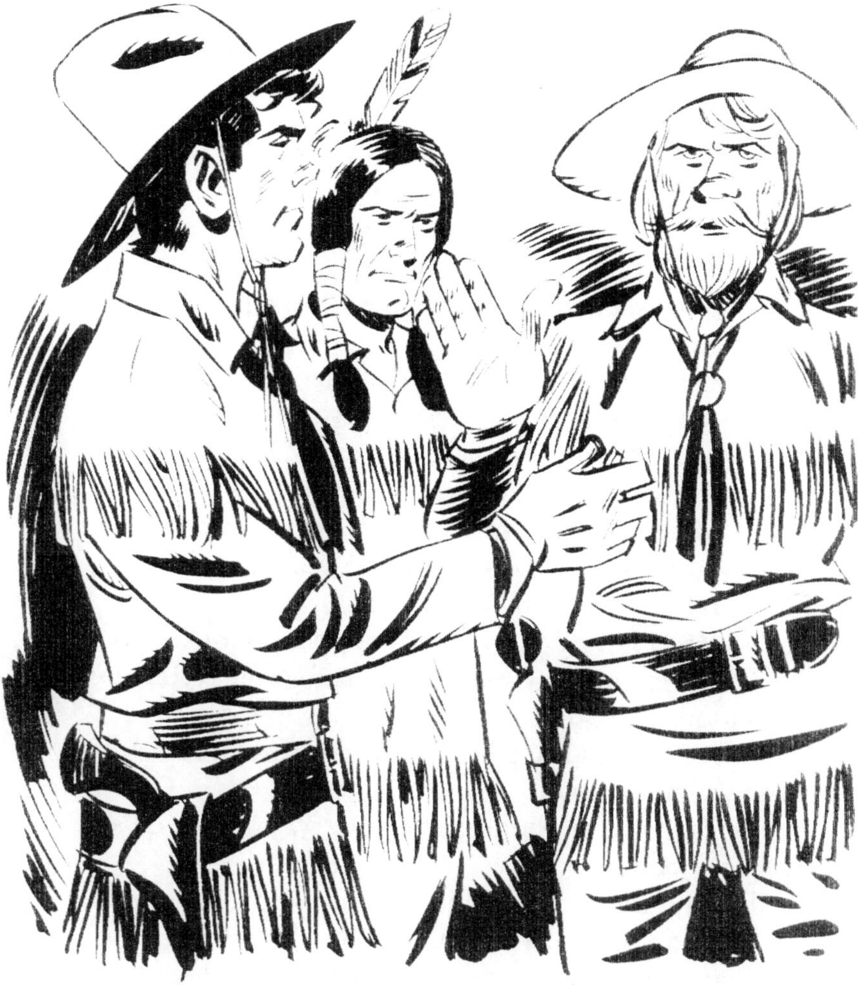

— Que foi, Harry?
— Eu o ofendi várias vezes, e devo-lhe uma explicação.
— Ofendido? A mim? Não, menino. Nunca levei isso muito a sério. Em todo caso, vamos esquecer isto.

E já me dispunha a ir embora, quando senti a mão do menino em meu ombro, pressionando-me para que tornasse a encará-lo. Voltei-me então, enquanto ele dizia:

— Estou rogando que esqueça minha atitude absurda, senhor Müller. Nunca esquecerei que salvou a minha vida, arriscando a sua própria, e que mais tarde, acabou por salvar meu pai duas vezes.

Sorri timidamente, e voltando a cabeça para o lugar onde estava a fogueira, adivinhei:

— Pelo visto ali estão se falando muitas coisas, não é verdade, Harry?

— Sim, senhor Müller. E também fiquei sabendo quem é o senhor.

— Acho que deveria ter lhe dito quem eu era, quando nos encontramos pela primeira vez.

— Mas porque não disse que era Mão-de-Ferro no dia em que nos conhecemos?

— Não tenho que ficar me vangloriando por conta de um nome que as pessoas me deram, não acha?

— Isso é excesso de modéstia!

— Não Harry, a modéstia nunca pode ser excessiva!

O jovem sorriu, e estendeu a mão amigavelmente, pedindo:

— Por favor, sua melhor lição seria perdoar-me. Aceita-me como amigo?

— Faço-o com muito gosto, Harry. Já o sou de seu valoroso pai!

Harry começou a caminhar ao meu lado, propondo:

— Agora vamos à cabana que lhe destinaram, e poderá jantar algo. Mas amanhã, muito cedo, desejo que me acompanhe em uma caçada.

— Não sei se seu pai tem outros planos, Harry. De todo jeito, agradeço seu convite.

— Sou eu quem deve agradecer o fato do famoso Mão-de-Ferro se dispor a me acompanhar!

— Esqueça isso, Harry. Para você quero continuar sendo, simplesmente, Charles Müller!

Ao chegarmos em frente à casa designada para mim, tornou a estender-me a mão, cordialmente, recomendando-me:

— Não se esqueça. Amanhã bem cedo! Não fique dormindo!

— Levanto-me com o dia, Harry! Gosto de pegar os primeiros raios do sol!

— Perdoe-me, senhor Müller, não devia ter dito isso!

— Por que não?

— Porque o senhor é o famoso Mão-de-Ferro! É claro que se levanta cedo!

E afastou-se.

Outra Vez Os Ponkas

Capítulo Primeiro

Harry me disse que havia colocado suas armadilhas em Bee-Fork e acompanhados do velho Sam Hawkens, que se uniu a nós para recordar comigo outros tempos, saímos para a caça.

Uma vez saindo do vale, por entre as rochas estreitas, notei que o menino caminhava na direção oposta que havíamos tomado no dia anterior. Seguimos o curso de um riacho até chegarmos ao lugar onde desembocava no largo Mankizila, encontrando-se as margens desta grande corrente de água, que regava praticamente toda a região, quase que completamente cercada por uma impenetrável vegetação que crescia desordenadamente.

Sam ia na frente e, apesar de não ter nenhum inimigo naquelas redondezas, observei uma técnica peculiar nele e em todo experimentado homem do Oeste; seus pés, toscamente calçados, evitavam, com surpreendente habilidade, pisar nos pontos em que sua pegada poderia ficar marcada mais facilmente. Seus olhos vivazes, sem pestanas, esquadrinhavam a torto e a direito, e voltando a cabeça, nos aconselhou:

— Ponham os pés nos mesmos lugares que eu. Nunca se sabe!

Ao cabo de uns instantes, chegamos a um local onde o rio fazia uma curva, e de uma distância prudente, observamos uma colônia de laboriosos castores. Haviam construído, com sua característica habilidade e paciência, um dique largo o bastante para acomodar um pé humano. Na margem oposta, distinguimos um grande número de castores cortando ramos de árvores com seus dentes afiados, fazendo com que caíssem na água, sem machucá-los. Enquanto isso, outro grupo, dentro dágua, trabalhava arduamente para continuar a fortalecer o dique.

O jovem Harry contemplava atentamente a árdua tarefa daquela ativa comunidade, enquanto eu, menos poético, e mais prático, fui atraído por um exemplar de tamanho extraordinário que estava sobre o dique, ao que parece, exercendo a função de chefe ou sentinela que dá ordens aos demais castores da colônia.

Estava-o observando quando vi que o animalzinho levantava as orelhas, dando um giro completo sobre si mesmo, enquanto soltava um grito de alarme e desaparecia como por encanto debaixo da água, seguido pelos demais.

— Algo está acontecendo! — sussurrei a meus companheiros de caça.

O último castor nem havia desaparecido quando, armas em punho, nós nos agachamos protegendo-nos entre alguns arbustos. E assim ficamos alguns momentos, esperando e vigiando ansiosamente, até que o canavial que havia à uma certa distância, começou a oscilar.

E antes que aparecessem, intuitivamente, murmurei:
— Índios!

Não havia me equivocado, porque, dois minutos depois, de dentro do canavial, perfilaram-se as figuras de dois índios, também eles procurando algum sinal de perigo.

— São da tribo dos ponkas — reconheceu logo o experiente Sam Hawkens.

— Tem razão, amigo! — concordei.

Um dos índios levava sobre os ombros uma coleção de armadilhas, e o outro uma boa quantidade de peles. Estavam armados até os dentes e denotavam, em todos os seus movimentos, que sabiam estar em terreno hostil.

Harry quase nos colocou em apuros ao exclamar, indignado:

— Canalhas! Estes velhacos roubaram nossas armadilhas e tudo aquilo que nós havíamos conseguido!

Com um gesto, indiquei ao menino que guardasse silêncio, mas tive que fazer o mesmo com o velho Sam, que começou a preparar sua velha carabina, resmungando:

— Estes ladrões já verão! Minha "Liddy" lhes mostrará de quem são estas peles e estas armadilhas.

Para que não disparasse, tive que advertir o velho:

— Este é por acaso o comportamento de um homem experiente, em tal situação, Sam? Quem nos assegura que ao primeiro disparo, não nos caiam em cima cem ponkas?

— Bem, eu... — começou a desculpar-se.

Mas o próprio Sam, olhando para a pintura que adornava o rosto dos índios, disse:

— Droga, Sam! Esteve a ponto de meter os pés pelas mãos! Estão pintados, e isso indica que desenterraram o machado da guerra. Engulo uma bota inteira se estes dois estiverem sozinhos por aqui! Mão-de-Ferro tem razão. Está se mostrando um bom discípulo.

— Obrigado, Sam. Agora, lhe peço que não fale mais nada! Os índios têm uma audição excepcional.

Saquei minha faca, mostrando-a aos meus companheiros, e com a cabeça indiquei a Sam a direção contrária à minha, que deveria ele seguir, dizendo bem baixinho:

— Vamos apanhá-los! Mas sem fazer ruído...

Comecei a deslizar por entre o canavial, tão cautelosamente como me era possível. Sabia que, contra a minha vontade, teríamos que matar os dois índios, porque conhecia bem os belicosos ponkas e me constava que nunca andavam pela floresta. Senti-me aliviado quando os vi começarem a correr, e nunca soube se foi porque pressentiram o perigo, ou porque, na sua exploração, tinham se afastado muito de seu território.

Dentro em pouco estávamos os três reunidos, e foi Sam o primeiro a falar, indicando-nos:

— Ora! Não podemos duvidar que os coiotes da pradaria andavam por aqui, não só para roubar nossas armadilhas e peles, mas também para espionar.Vocês devem voltar à "Fortaleza", para avisarem nosso pessoal. Eu vou seguir o rastro deles, e saber se estão tramando mais do que aparentaram!

— E por que não vai você mesmo avisar ao meu pai? — propôs Harry. — Eu ficarei aqui com Mão-de-Ferro e...

— Você é muito menino ainda — comecei a dizer.

A resposta daquele valoroso menino foi desembainhar sua faca, colocá-la na boca e, antes que pudéssemos evitar, lançar-se engatinhando pelo canavial.

— Corre a avisá-los, Sam! Vou atrás deste maluco! —anunciei.

— Muito bem! Mas se as coisas se complicarem... Eu não terei culpa alguma!

Segui atrás do menino, e uma hora depois, quando chegamos a outra colônia de castores, rio abaixo, Harry falou:

— Foi ali que coloquei minhas armadilhas, que estes safados roubaram. Não sabem como viver sem ser roubando ou matando! Todos os índios são...

— Todos não, Harry — corrigi-o. — Lembre-se de Winnetou e todos os apaches.

— Bom, a maioria das tribos desta região são totalmente selvagens. Odeiam profundamente ao homem branco e muitas vezes matam só pelo prazer de fazê-lo, nunca numa luta honesta ou para defender-se.

Afastando-nos do rio entramos no bosque formado por árvores esbeltas e de troncos lisos, cujos galhos entrelaçavam-se, formando uma abóbada verde e espessa sobre o solo coberto de uma macia relva. Não nos custou grande esforço descobrir pegadas ali, e neste instante, calculei que aquelas não eram as pegadas dos dois ponkas que seguíamos, mas sim de mais quatro.

— Quatro aqui, e aqueles outros dois, seis. Estavam com o rosto pintado, e todas as armas de guerra, o que nos indica, Harry que...

O menino me interrompeu:

— Que estão empreendendo uma de suas expedições de vingança. Seu território está distante e os ponkas sabem que os caçadores brancos de meu pai colocam aqui suas armadilhas.

— Isto mesmo. São ponkas, e por isso querem vingar o fracasso do assalto ao trem.

— O que faremos? — perguntou o menino. — Essas pegadas vão direto ao nosso vale, e não devemos arriscar que nos descubram.

— Deixe-me pensar, Harry... Estas pegadas se dirigem ao acampamento dos ponkas, onde os outros estarão esperando pela volta dos batedores.Creio que devemos descobrir seu esconderijo, averiguar quantos são e as suas intenções. A entrada do nosso vale está bem guarda por sentinelas vigilantes, para conservar o segredo.

— Então, senhor Müller... Estamos esperando o que?

Segui com ele, redobrando as precauções, sentindo a enorme responsabilidade de ter em minhas mãos a vida daquele rapazinho. Uma coisa é arriscar-se a própria pele e outra, muito distinta, é expor a vida de um jovem, que tem pela frente toda a existência. Mas deixei de lado estes pensamentos e concentrei-me no que estávamos fazendo.

O bosque, desde o vale por onde corria o rio, penetrava um bom trecho na planície, e estava cortado por passagens rochosas. As bordas das rochas estavam cobertas por uma espessa vegetação, e deslizamos até uma incisão delas. Ao chegar ali, senti um odor característico, e notei que o meu jovem acompanhante sorria.

Mas a expressão divertida de seu rosto mudou quando anunciei:

— Fumaça, Harry.

Continuamos deslizando e senti satisfação ao ver que não havia me equivocado. Um homem recobra o ânimo quando vê que suas faculdades estão em perfeitas condições e a seu serviço, mas mesmo assim não me mostrei mais ousado, ou me esqueci de tomar as precauções devidas.

Dentro em poucos vimos uma delgada coluna de fumaça, que se interrompia às vezes ou desaparecia de todo, com movimentos caprichosos. Coroava o cimo das árvores e não estava muito distante de nós. Harry murmurou, num fiapo de voz:

— Deus lhe conserve o olfato!

Calculei que aquela débil fumaça só podia vir de uma fogueira indígena. A explicação é bem lógica, pois enquanto os homens brancos jogam a lenha ao fogo, produzindo chamas largas, que dão origem a uma grande quantidade de fumaça, o índio, seja de qual tribo for, para não ser descoberto tão facilmente, só coloca os extremos dos troncos, com o qual se produz uma chama pequena, com fumaça apenas perceptível.

Aproximei-me do menino, para ordenar-lhe:

— Esconda-se atrás da mata, Harry. Vou aproximar-me mais.

— Deixe-me ir também! Isto é muito emocionante!

— E muito perigoso! Obedeça-me agora, por favor!

Não queria multiplicar o risco, e por isso afastei-me sozinho.

Capítulo II

Aproximei-me, com mil precauções, do acampamento e vi, entre as árvores, um grande número de índios ponkas, dialogando. Calculei que haveriam mais de cem guerreiros e busquei os sentinelas.

Dois homenzarrões, altos, musculosos e com a pele acobreada brilhando ao sol, pareciam estátuas, de tão quietos e atentos estavam em seus postos. Guardavam a entrada do descampado, no centro do qual, chamando a atenção dos mais fortes guerreiros, pintados com as cores da guerra, descobri o chefe.

Já o conhecia e não tinha boas recordações dele. Era Parranoh.

Um só disparo bastaria para...

Não podia agir tão loucamente, e deixei esta idéia de lado. Mas a figura daquele gigantesco homem, gesticulando entre os guerreiros ponkas, me enlouquecia. Eu acreditava tê-lo deixado morto na pradaria, quase junto à linha férrea. Havia lutado corpo-a-corpo com ele, rolado pelo chão, quando a sorte me sorriu, e minha faca o matou. Pouco depois meu amigo Winnetou tinha chegado ao local da nossa luta, e com suas próprias mãos havia tirado o escalpo do homem vencido.

E no entanto, agora...

— Não pode ser! — exclamei para mim mesmo, não dando crédito a meus olhos. — Esse homem estava morto!

Mas o certo, o realmente certo, é que ali, ante meus olhos e no centro do descampado, estava Tim Finnetey ou Parranoh, animando seus guerreiros ponkas com gritos quase selvagens, gesticulando muito.

Fixei-me mais atentamente naquele sinistro personagem e comecei a compreender. Sua cabeça enorme parecia estar agora coberta por uma cabeleira que não era sua e isto, este detalhe, me fez recordar a meu velho amigo Sam Hawkens.

O bom Sam também tinha tido sua cabeleira arrancada pelos índios quando era jovem, e trabalhava no exército como batedor. O experimentado homem do oeste havia coberto sua cabeça, tão barbaramente pelada, por uma cabeleira alheia.

Sem querer, encontrei-me dizendo a mim mesmo:
"Demos por morto este canalha, quando deveria estar somente ferido. Assim como Old Firehand, teve tempo para recompor-se e agora, o ódio, o afã da vingança, o obriga a querer lançar novamente seus homens à luta.... Isso explica tudo!"

Decidi regressar até onde havia deixado Harry esperando-me e pondo-nos novamente a caminho até a "Fortaleza", informei-o de tudo que havia visto. O menino mostrava-se muito excitado e disse:

— Não tenha medo, senhor Müller. A esta hora, Sam já terá avisado a meu pai, e a defesa da "Fortaleza" já deverá estar armada.

— Não o duvido, mas o pior não é isto, e sim o fato de que, igual a seu pai e todos os que acampam neste vale junto com ele, os ponkas também já o descobriram. E eles nem vivem nesta região!

— Mas todos que o tentarem atacar, morrerão!

— Contei mais de cem guerreiros, Harry! E você já conhece a ferocidade dos ponkas!

O menino me cutucou, mostrando-me algo. Desta vez fui eu que tive dificuldade de distinguir, entre os ruídos do bosque, um som metálico que parecia vir de uns espessos arbustos próximos.

Fiz-lhe sinal para acompanhar-me, e estendi-me no chão, mais uma vez levando minha faca na boca, deslizando como um autêntico apache. O próprio Winnetou me havia ensinado a avançar assim, e o fiz até alcançar um monte de troncos. Junto a eles, estavam umas pernas tortas, que acabavam em um par de mocassins gigantescos. Deslizando um pouco mais, encontrei um casaco de couro que conhecia muito bem, já de muitos anos atrás, quando eu o conheci em minhas primeiras andanças pelo Oeste. Sam Hawkens era o dono daquele casaco.

O preguiçoso dormia tranqüilamente, esticado na sombra de uma cerejeira silvestre, e decidi que tal descuido, além de não haver corrido até a "Fortaleza" para dar voz de alarme, merecia uma lição.

Assim, estiquei a mão, apoderei-me de sua velha escopeta "Liddy", que tinha próximo a si, e suave e vagarosamente, engatilhei a arma antediluviana que fazia as delícias de seu dono.

Mas ao ouvir o ligeiro estalo, despertou, colocou-se de pé, vendo-se diante da mira de sua própria arma, abrindo a boca sem dentes.

— Sam Hawkens! — gemi, mudando a voz. — Se não fechar esta boca, é um homem morto.

Neste instante reconheceu-me, e tranqüilizando-se, mal-humorado, sentou-se novamente e golpeou o solo com os punhos, protestando:

— Arre! Outro susto desses e eu morro de verdade! Você tem cada idéia, Mão-de-Ferro!

— Por que não foi até o vale dar o sinal de alarme?

— Bom, eu... Fiquei dormindo e...

— E essas armadilhas? Não são as mesmas que aqueles dois índios carregavam, quando nos dispúnhamos a matá-los?

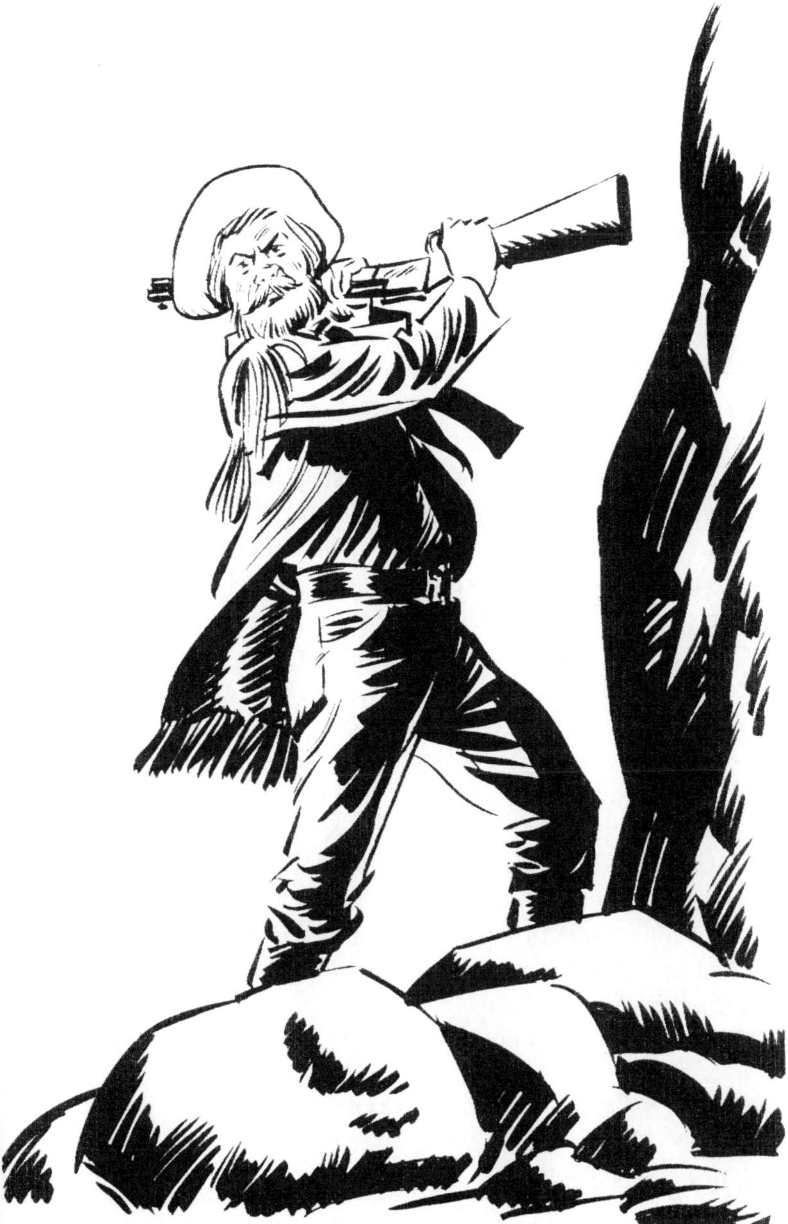

— Pois aí está a coisa, homem. Pareciam fugir, mas deram uma volta. Vi que nos haviam descoberto, os astutos, e eu os segui, e então... Já compreendeu! Zás-trás!
— Não ouvi disparo algum.
— Não foi necessário. Usei minha faca!
— De forma que... Salvou-nos a vida! — tive que reconhecer.
— Isso não tem importância, mas como eu já sou velho, o exercício cansou-me e então me sentei. Mas com esta forma de despertar! As pernas ainda estão tremendo.
— Não acredito, Sam. Entupiu-se de cerejas silvestres, e a digestão pesada é que o fez dormir, não o cansaço.
Harry reuniu-se a nós, e conversando, já sem medo dos dois índios que havíamos deixado por ali, com as armadilhas e peles recuperadas pela intervenção precisa de Sam Hawkens, apertamos o passo para regressar ao nosso refúgio e informar aos homens que acreditavam estar seguros, de tudo o que havíamos presenciado.
— Acredita que atacarão diretamente? — quis saber Sam.
— É possível. São mais de cem guerreiros e calculo que o seu chefe deseja assim. Vai lançar toda a sua tribo contra nós. Todos o obedecem cegamente!
Harry interveio, recordando-nos:
— Estou pensando no que acontecerá quando derem por falta dos seus dois batedores.
— Pois os encontrão estraçalhados — disse Sam.
— Isso lhes dará o sinal de alerta, saberão que foram descobertos.
Não havia mais porque esperar pelos acontecimentos, e esforçamo-nos para caminhar ainda mais depressa até a entrada secreta.
Ali encontraríamos também o sentinela da "Fortaleza".

Capítulo III

Will Parker era quem estava de sentinela, oculto atrás do matagal que dissimulava a entrada. Ao nos reconhecer, deixou-nos entrar, mas no mesmo instante começou a discutir com o velho Sam, por causa de uma partida de baralho, e desejando que esquecesse disso, o ouvi recomendar ao sentinela:

— Abre bem os olhos, Will. Não muito distante daqui estão escondidos índios selvagens, que pretendem invadir o vale. E teremos muitos problemas se eles o conseguirem!

— Não mude de assunto, velho safado! Outro dia já trapaceou. E eu não estou disposto a consentir que...

Harry e eu sorrimos ao escutar a resposta de Sam:

— E quem quer saber disso agora? Já disse que os ponkas planejam nos atacar, sua besta. Isto então não é muito mais importante do que o fato de ter perdido uns míseros dólares?

Will Parker olhou para mim e para Harry, demonstrando que não acreditava numa palavra do que Sam havia dito, mas isto não era uma de suas brincadeiras:

— De verdade?

— De verdade, Will. Irei pedir a Old Firehand que envie reforços para cá.

Entramos pela estreita passagem da montanha, e em pouco tempo estávamos no vale, onde Sam assobiou agudamente, para reunir o pessoal. Quando nós três, acossados pelas perguntas, demos conta de tudo o que havíamos visto e passado, no mesmo instante começou uma algaravia e cada um opinou à sua maneira, gosto e capricho.

O único que nada disse foi Old Firehand, mas quando mais tarde disse-lhe que havia visto Parranoh, saiu de sua passividade e seus olhos encheram-se de ódio ao dizer:

— É possível que o canalha viva ainda?

— Pois asseguro-lhe que o vi, Old Firehand. Primeiro duvidei, não acreditando que pudesse ser ele. Mas logo... Creio que iremos enfrentar novamente este criminoso.

Old Firehand apertou meu braço, dizendo energicamente:

— Sim, mas desta vez, nem você nem Winnetou poderão tirar a minha presa! Este homem me pertence!

Fez uma pausa, para dominar-se, e logo voltou a olhar-me fixamente, como se duvidasse do que os meus olhos haviam visto, exclamando:

— É preciso que eu veja Tim Finnetey com meus próprios olhos. Quer me acompanhar até onde estão, meu amigo Mão-de-Ferro?

— Como quiser, mas não se esqueça de que os índios esperam em vão pelo retorno dos seus batedores. Sam teve que acabar com eles e...

— E eles irão procurá-los. E ao encontrarem os corpos...

— Exato! E se sairmos novamente, podemos acabar rodeados por estes índios.

— Tudo é possível, mas não me importo. Quero que compreenda, Mão-de-Ferro, que não posso ficar aqui de braços cruzados, na dúvida de este canalha estar ou não vivo.

— Garanto-lhe que o reconheci. Era ele, apesar da cabeleira que levava.

Old Firehand levantou a cabeça, e olhou fixamente para o grupo de seus caçadores, que continuavam conversando sobre as notícias que tínhamos trazido. Então gritou:

— Dick, prepare-se! Virá conosco!

Dick Stone, outro velho conhecido de minhas aventuras passadas, aproximou-se de Old Firehand, enquanto este dizia-lhe:

— Sabe aonde vamos, Dick?
— Eu imagino.
— Não se importa?
— Sabem bem que não.

— Pois vamos. Mão-de-Ferro nos mostrará o caminho.
— Vamos sem cavalos? — quis saber Dick.
— Não serão necessários — intervim. — Não estão longe. Além do mais, rastrearemos melhor a pé. O que, apesar de tudo, resulta em mais perigo.
Old Firehand pôs-se a dar ordens a seus caçadores:
— Vocês, não fiquem parados. Tampem os esconderijos das peles. Preparem as armas. Não sabemos o que acontecerá se estes índios chegarem ao nosso vale. Montem postos de vigilância nas rochas. E você Harry, una-se a Will Parker; e você Bill, encarregue-se de manter a ordem aqui enquanto eu não volto.
Enquanto falava, um dos caçadores perguntou-me:
— Viu Winnetou?
— Saiu para caçar esta manhã também. Não queria ficar ocioso. Já o conhece!
— Sim... Mas ele já não deveria ter regressado?
— Teme que os ponkas o tenham descoberto?
— Winnetou é um homem que sabe defender-se sozinho, mas se vários o surpreenderem e o atacarem... Temo que...
Old Firehand já me chamava. Saímos os três pela saída secreta do fértil vale.
Olhando tudo aquilo, não pude deixar de lamentar, que os homens ainda não houvessem aprendido a viver em paz e harmonia, sem odiar-se, sem ter que lutar, e principalmente, sem ter que matar.
Mas não devia esquecer-me de que pessoas como Parranoh, aquele bandido conhecido entre os brancos como Tim Finnetey, deviam ser eliminados. Enquanto não fosse assim, não haveria paz e harmonia por onde ele passasse.

Capítulo IV

Servindo de guia, temendo a cada instante sermos descobertos pelos índios, que já deveriam estar buscando os seus companheiros que não regressaram, avançamos pelo terreno, aproveitando cada árvore, cada rocha, cada declive do terreno para nos ocultarmos.

Os dois homens que seguiam minhas pegadas eram tão experientes ou mais do que eu, e isto facilitava a minha missão. Old Firehand ia literalmente colado em mim. Fechando a marcha, estava Dick Stone, procurando apagar nossas pegadas e vigiando a retaguarda, para não sermos surpreendidos pelas costas.

Confesso que estava cansado e que de boa vontade teria tentado convencer Old Firehand a não fazer aquela exploração tão arriscada. Mas já começava a conhecer a firmeza de seu caráter e, por outro lado, o considerávamos chefe de todos os homens que estavam refugiados no vale, que ele chamava sua "Fortaleza", e portanto, era ele quem deveria tomar as decisões.

Mas outra coisa me incomodava profundamente: o fato de não ter visto meu amigo Winnetou e, embora sabendo que ele havia saído para caçar, com os belicosos ponkas rondando por ali, temia que algo pudesse ter-lhe acontecido.

Estava pensando nisso, quando, alarmados e pondo-nos em guarda, vimos que diante de nós o mato começava a balançar. Old Firehand desembainhou sua faca e Dick e eu o imitamos. Mas nossas precauções eram desmedidas, porque dentro em pouco, arrastando-se até nós com seu musculoso corpo acobreado, vimos o rosto viril do chefe apache Winnetou, que nos sorria.

— Irei com meus irmãos brancos ver Parranoh e seus ponkas — limitou-se a dizer.

Olhei-o alegremente, sabendo que ele estava vivo e salvo, mas perguntei curioso:

— Como sabe que Parranoh está vivo?

— Eu vi este filho do Diabo e seus guerreiros. Disse que tinha saído para caçar, mas foi apenas uma desculpa para explorar as redondezas.

— Como um bom apache, sempre precavido — sentenciou Old Firehand.

— Velo pelo pai de Harry e pelo amado esposo de Ribanna — o ouvi replicar, olhando para o famoso explorador.

— E digo que Parranoh cobriu o crânio com o escalpo de um homem da tribo dos osagas. Seus cabelos são falsos, assim como seus pensamentos. Winnetou lhe dará a morte.

— Não, meu amigo, já lhe disse que esse homem me pertence.

— Seja! Eu o cederei ao meu irmão branco quando chegar a hora.

— Desta vez ele não escapará! Minha mão está firme!

— Assim também eu pensei — disse, recordando o dia em que tinha vencido Parranoh, e que o acreditávamos morto. — Mas esse demônio parece ter mil vidas.

— Aquele dia deveríamos ter-nos assegurado que ele não vivia, e agora não teríamos que...

Não pude prestar atenção no que diziam, nem sobre quem falavam. Meus olhos estavam cravados em um matagal, no qual vi brilhar uns olhos ladinos e sinistros e, sem pensar duas vezes, saltei com todas minhas forças sobre o homem que astutamente nos espiava.

Minha surpresa foi enorme ao cair sobre ele e comprovar que era o mesmo Parranoh de quem estávamos falando a pouco. Meus dedos transformaram-se em garras de aço, apertando aquele corpo forte e musculoso, rodando nós dois em mil voltas vertiginosas, que, não obstante, permitiram-me ver que meus companheiros também estavam sendo atacados.

Parranoh retorcia-se como uma cobra, fazendo esforços inúteis para soltar-se de mim. Escoiceava feito louco, tentando levantar-se com terríveis sacudidas que machucavam meus braços. Por causa destes movimentos, a sedosa cabeleira que lhe cobria a cabeça, caiu ao chão, deixando-me ver seu crânio coberto de cicatrizes, feitas na noite em que Winnetou havia lhe tirado o escalpo.

Mas eu não o soltei. Estava firmemente decidido a fazer honra a alcunha que muitos me haviam outorgado, e minhas mãos não o soltavam.

Vi como aquele homem esquecia-se de seu ataque para defender-se. Seus olhos pareciam sair das órbitas, até que com um tremor cada vez mais débil de seus membros, ao fim, fatigado, vencido, estirou-se no chão.

Parranoh havia sido, novamente, vencido por mim!

Endireitei-me e pouco tempo tive para celebrar minha nova vitória sobre aquele bandido. Ao meu lado desenrolava-se uma cena inesquecível.

Por temer que mais ponkas fossem atraídos pelo clamor da luta, nem Old Firehand, nem Winnetou, nem Dick Stone haviam feito uso de suas armas de fogo. Lutavam corpo-a-corpo com os ferozes ponkas que os atacavam, utilizando suas facas numa mão, e as machadinhas em outra, distribuindo terríveis golpes que derrubavam seus inimigos. Mas estes logo se recuperavam, e novamente lançavam-se à luta, e em pouco tempo nenhum dos combatentes lutava de pé. Rodavam no chão revolvido. Lancei-me de cabeça sobre aquele montão de homens enlouquecidos pelo ódio, raiva e o frenesi da luta, que para um dos bandos deveria resultar mortal.

Durante uma fração de segundo vi Winnetou com o braço erguido. Não muito distante de mim, Old Firehand sujigava um índio e tratava de dar cabo dele, enquanto outro, como um coiote, mordia-lhe o braço, enfurecido. Acudi em seu auxílio e derrubei o ponka com sua própria machadinha, que havia caído.

Isto me deu uma folga, que me permitiu acudir Dick Stone, para livrá-lo dos dois índios que o atacavam. Ainda tinha a machadinha ponka em minhas mãos, e com toda a minha força dei um golpe num deles, enquanto Dick dava cabo do outro inimigo:

— Obrigado! Se não fosse por você, nem sei...

E a luta terminou com a mesma rapidez que havia começado. Os quatro ou cinco índios que ainda estavam em pé, ao verem seus companheiros vencidos, olharam-nos aterrados e começaram a correr, fugindo por temerem que o mesmo pudesse lhes acontecer.

Arquejantes, respirando dificultosamente, foi quando Old Firehand viu Parranoh, que jazia no solo, e gritou:

— Tim Finnetey! Quem de vocês o derrubou?

Winnetou e Dick Stone cravaram seus olhos em mim, e o explorador, aproximando-se jubiloso e admirado, voltou a exclamar:

— Mão-de-Ferro! Você é um autêntico colosso! Por duas vezes venceu esse demônio!

— O Grande Espírito deu-lhe a força de um bisão! — sentenciou Winnetou.

— Deveras, meu amigo, eu o felicito — insistiu Old Firehand. — Em minhas muitas aventuras, ainda não tinha encontrado um homem como você!

Um pouco envergonhado com tantos elogios, quis cortá-los, propondo:

— Que lhes parece se atarmos esta fera? Pode recuperar-se de um momento para outro, e temo que...

— Pior para ele se assim o fizer! — disse Old Firehand.

Dick Stone não esperou receber ordem, e tirando uma corda de sua bolsa de couro, amarrou bem o chefe dos ponkas que, ou havia mesmo desmaiado, ou só estava fingindo.

Devemos apagar estes rastros —advertiu, prudentemente, Winnetou. — E é preciso voltarmos o quanto antes para o vale. Os ponkas irão lançar-se como lobos famintos em busca de seu chefe quando virem que ele não regressa, e nós quatro somos poucos para fazer-lhes frente.

A proposta de Winnetou obteve nossa aprovação e foi executada imediatamente. Pusemo-nos em marcha, enquanto Winnetou, fechando a comitiva, se ocupava em apagar nossas pegadas.

Eu sabia que, quanto a isto, como em tantas outras coisas, o chefe apache era mestre.

A Índia Ribanna

Capítulo Primeiro

No outro dia, quando o sol começava a cobrir de ouro os picos que rodeavam o vale, abandonei meu leito e trepei como uma cabra montanhesa até o penhasco, onde havia encontrado o jovem Harry em sua pequena cabana de troncos, tão estrategicamente situada. Contemplando o belo panorama do vale oculto, meus pensamentos ocuparam-se dos episódios transcorridos no dia anterior. Um dos caçadores de Old Firehand havia regressado com a notícia de que também havia visto os ponkas. E segundo aquelas novas notícias, eram muitos mais do que eu havia suposto, em minhas observações.

Old Firehand escutou atentamente ao companheiro e deduzi que uma expedição de índios daquela magnitude não se limitava a combater e aniquilar a uns quatro caçadores, por mais ódio que seu chefe Parranoh nos tivesse. Era fácil adivinhar que, além de quererem destruir a colônia do vale oculto, marchavam contra alguma outra tribo índia, para roubar suas mulheres, saquear seus povoados e sentirem-se fortes e vencedores.

Se alguém não os detivesse, uma vez mais, os belicosos e ferozes ponka imporiam a lei da força nas pradarias.

Não obstante, o primeiro a fazer era tomarmos as precauções necessárias para defender aquele reduto da possibilidade de um ataque. Isto nos ocupou muitas horas e todos os esforços concentraram-se na defesa do vale. Mas quando Old Firehand foi descansar um pouco, depois de instruir seus caçadores, voltou a recordar

os prisioneiros ponkas que havíamos arrastado na véspera para ali.
Ele não se esquecia principalmente de um deles. Tim Finnetey! Ou Parranoh, como agora se fazia chamar.
Havíamos deixado o chefe dos ponkas em uma gruta, e lembro-me que, assim que despertei, antes de subir até a cabana no alto da rocha, fui visitá-lo. Não somente sentia uma curiosidade natural por aquele terrível inimigo que havia vencido, mas também desejava saber se havia conseguido escapar.
Vi Parranoh estendido no solo negro da gruta e nem me importei com os olhares de ódio que me lançou, nem seus insultos. Mais tarde, subi a rocha até onde estava a cabana, desejando inteirar-me dos nossos preparativos para a eventualidade de, vencidos os sentinelas, termos que lutar ali dentro do vale. Interiormente, pressentia que, dentro de poucos dias, quem sabe mesmo horas, teríamos que enfrentar importantes acontecimentos.
Estava pensando nisso, quando uma voz agradável, que já conhecia, me fez deixar de lado as minhas preocupações, ao saudar-me:
— Bom dia, senhor! O sono, ao que parece, foge muito cedo de Mão-de-Ferro!
— Olá Harry. Mas já não lhe pedi que não me chame assim?
— Não gosta? É uma alcunha que lhe cai bem!
— Obrigado, rapaz. Mas suponho que não subiu até aqui para começar o dia fazendo elogios a mim, não é?
— Se você os merece. Todo o acampamento está comentando a forma como venceu aquele canalha.
— Seu pai, Winnetou ou Dick Stone poderiam tê-lo feito.
— Mas foi o senhor quem o venceu! E pela segunda vez!
— Digamos que tive sorte, Harry. Agora, estou preocupado.

— Pois eu não. Mesmo que nos ataquem, saberemos dar-lhes o merecido.

— Pense, menino, no total, somos só treze homens.

Notei que ele refazia as contas mentalmente:

— Alegro-me que me conte entre eles, senhor Müller.

— Já o vi atirar. Recordo bem o susto que me pregou naquela tarde, quando tomou meu chapéu por um castor.

— Mas está realmente preocupado?

— Um pouco. Esses índios estão furiosos por causa do nosso ataque, e por havermos capturado seu chefe. São capazes de lançar-se sobre nós com toda a sua fúria.

— Eu gostaria que isto acontecesse, para podermos exterminá-los.

Vi a decisão em seu rosto juvenil, e acreditei ser conveniente dizer-lhe:

— Os homens devem ser valentes, e não temerem a luta, Harry. Mas o ódio não é uma boa coisa.

— São ponkas!

— Dá no mesmo.

— Não haveria de dizer assim se tivesse visto um túmulo, que desejava mostrar-lhe, quando saímos para caçar. Esse túmulo encerra dois dos seres mais queridos do mundo, para mim. Foram assassinados por homens de cabelo preto e pele vermelha, e desde aquele dia sinto ódio ao ver um ponka, desejando-lhe arrancar seu escalpo.

— Isso não é coisa que uma pessoa civilizada faça!

Foi então que o menino me disse:

— Não aprecia muito a Winnetou?

— Sim. Tanto quanto se fosse ele meu irmão.

— Considera-o um selvagem?

— Sei o que quer dizer, Harry, mas não é o mesmo. Winnetou nasceu e foi criado nestas pradarias. É um índio, um apache de cabelo preto e pele vermelha, como você mesmo diz. E nada posso fazer para convencê-lo de que arrancar o escalpo dos inimigos vencidos não é justo. Compreendo que eles têm seus costumes, e cabe a nós respeitá-los.

— Eu sou meio índio, senhor! — disse ele. — Minha mãe era índia!

Vendo-o tão alterado, tentei acalmá-lo:

— Deixemos isto de lado, rapaz!

— Não, senhor Müller! Jurei que, com esta pistola que uso, que foi a que assassinou meus seres queridos, também mataria o culpado. E minha vingança se cumprirá.

— Não foi Winnetou quem lhe entregou esta pistola? — estranhei.

— Então ele lhe disse isso? Contou-lhe como tudo se passou?

— Não, Harry, só me disse que o presenteou com esta pistola.

— Pois é verdade, senhor. Winnetou me presenteou com ela. Mas sente-se, e irei contar-lhe o que aconteceu. Incomoda-se?

— Pelo contrário! Confesso que sou muito curioso, ainda mais que esta história refere-se a você, a seu pai e a Winnetou. Logo, interessa-me mais ainda. Agradeço-lhe a confiança.

Ele sentou-se ao meu lado, perdendo seus olhos sonhadores em algum ponto do vale que estendia-se aos nossos pés. Parecia ordenar suas lembranças, e depois de um breve silêncio, começou:

— Meu pai era guarda-florestal, na distante Europa, este continente onde o senhor também nasceu. Na Alemanha vivia com sua esposa e filho, na mais completa felicidade, até que, segundo me contou, chegou a época dos transtornos políticos que privaram muitos homens de seus meios de vida. Isso os arrastou ao desespero, do qual só puderam salvar-se fugindo de sua pátria querida.

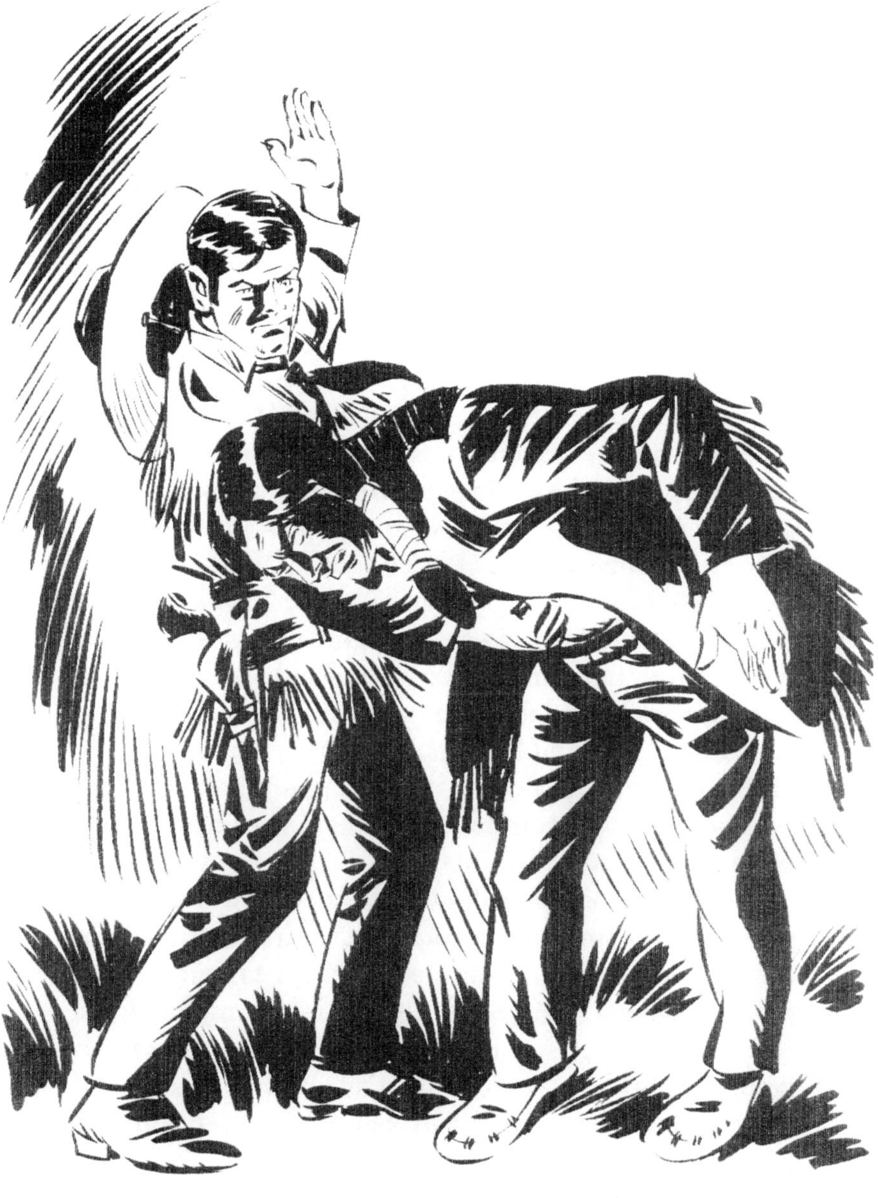

Guardou silêncio, respirando profundamente antes de continuar:

— A travessia até a América custou a vida da esposa de meu pai, e ao pôr o pé neste solo, ele encontrava-se triste e desconsolado pela sua perda, além de estar sem recursos, desconhecendo totalmente o novo país a que chegava com seu filho. E assim, sem amigos, sentindo-se um estranho, aceitou a primeira coisa que lhe ofereceram. Por isto saiu como caçador, rumando para o Oeste, confiando seu filho a uma família de boa posição, que o recebeu como se fosse seu próprio filho.

Eu seguia o relato atentamente, enquanto o jovem dizia:

— Meu pai passou alguns anos entre perigos e aventuras que acabaram por transformá-lo num legítimo homem do Oeste, respeitado e querido pelos brancos, e temido pelos índios. Em uma de suas expedições, chegou até Quicourt, estabelecendo relações com a tribo dos asineboins. Foi ali que conheceu Winnetou, que havia descido as margens do Colorado até o alto do Mississipi, para buscar a argila sagrada para os calumets de sua tribo. Logo meu pai e o jovem apache fizeram-se bons amigos, e conheceram na tenda do chefe Tan-cha-tunga, sua bela filha Ribanna, formosa como a aurora e tão gentil e graciosa como a rosa da montanha.

Tornou a interromper-se ante esta evocação, continuando, depois de dominar-se:

— Nenhuma das filhas dos asineboins era melhor que Ribanna em curtir as peles e costurar os trajes dos caçadores. E quando trazia lenha para a caldeira de seu pai, sua esbelta e majestosa figura tinha a agilidade de uma gazela e a postura de uma rainha. Seus longos cabelos a cobriam, como se fossem um manto real, até quase os pés, e todos diziam que ela era o encanto de Manitu, o Grande Espírito.

Em seu relato, o menino procurava serenar a emoção que sentia ante suas próprias palavras, a vista perdida no fundo do vale, ou então no azul puríssimo daquele céu que cobria as pradarias.

— Logo Winnetou compreendeu, para sua tristeza, que Ribanna amava ao caçador branco, apesar de ser o maior de todos os guerreiros que a pretendiam. Winnetou era pouco mais que um menino então, mas foi por sua nobreza, e também o respeito pela inclinação da moça, que não a disputou com meu pai.

— É uma coisa digna de se admirar — opinei.

— De fato, senhor Müller, e creio que esse sentimento tão nobre, tão puro, os uniu ainda mais.

E voltou o rapaz ao seu relato:

— Também no coração do caçador branco, a perfeição da bela Ribanna despertou novas esperanças. Seus sentimentos o impulsionavam a seguir seus rastros, a zelar por ela e tratá-la com enorme consideração, como se fosse uma mulher branca, chegando a amá-la tanto quanto amou a sua primeira esposa. E o jovem chefe apache, ao notar isto, uma noite foi até a tenda de meu pai e disse:

"— O homem branco não é como os demais de sua gente, de cujos lábios Winnetou já viu muitas vezes brotar a mentira e o engano. Sempre falou a verdade a Winnetou, seu amigo. Por isso, deve dizer-me: ama meu irmão a Ribanna, a filha de Tan-cha-tunga?

"— Ela me é mais preciosa que todos os rebanhos da pradaria, e todos os escalpos de todos os inimigos que possa ter. Amo-a mais que minha vida, Winnetou!

"— E será bom para ela, não falará com dureza ao seu ouvido, e sim lhe dará o seu coração e a protegerá contra todas as tormentas da vida?

"— Eu a tratarei como uma princesa, e a protegerei de todas as tristezas e perigos.

"— Winnetou conhece o céu e sabe os nomes e a linguagem das estrelas, mas o sol de sua vida se pôs para sempre, e em seu coração entraram as trevas da noite. Sairei daqui, pois a minha felicidade também estava em Ribanna, e meus pés percorrerão solitários outras terras. Jamais minhas mãos tocarão a cabeça de uma mulher, nem a voz de um filho chegará aos meus ouvidos. Mas retornarei para ver se Ribanna, a filha de Tan-chatunga, está feliz como merece sê-lo."

— Deu meia-volta e desapareceu, deixando meu pai com seus pensamentos. Quando Winnetou regressou no ano seguinte, pôde ver nos olhos de Ribanna que ela era muito feliz, sobretudo quando colocava o filho, eu, nos braços.

"Winnetou me tomou em seus braços e diante dos meus pais, prometeu solenemente:

"— Winnetou cuidará deste menino como a árvore, em cujos galhos dormem os pássaros do céu. Minha vida será deste pequeno, e meu sangue será seu sangue."

O jovem Harry levantou-se depois destas lembranças, e caminhou pela plataforma de madeira da cabana. Eu não interrompi seu silêncio, pois sabia que ele precisava recompor-se para continuar o relato. O que ele logo fez:

— Passou-se o tempo e fui crescendo. Meu pai alimentava o desejo de ver o outro filho, que havia deixado com aquela família, antes de partir para o Oeste. Eu tomava parte nos jogos guerreiros com os meninos da tribo dos asineboins, aprendendo sobre armas e guerras. Winnetou e meu pai me ensinaram muitas coisas. Um dia, porém, ele não agüentou mais e viajou para o Leste, para ver o filho de sua primeira esposa, levando-me com ele. Naquele mundo civilizado, tão diferente de tudo quanto já havia conhecido, e junto a meu irmão, vivi uma nova existência. Até acredito ter pensado, então, que jamais deixaria aquela vida fácil e cômoda, sendo que meu pai regressou para o Oeste, deixando-me nas mãos dos protetores de meu irmão. Mas com sua partida, senti saudades em pouco tempo, e em sua próxima visita regressei com ele à minha tribo, e aos braços de minha mãe Ribanna.

"Ao chegarmos no local onde deveríamos encontrar a tribo reunida, o encontramos vazio e arrasado pelo fogo, encontrando somente uma mensagem deixada por Tan-cha-tunga. Ele nos informava que Tim Finnetey, um caçador branco, havia visitado com freqüência o acampamento, e havia também pedido a rosa de Quincourt para esposa, mas os asineboins não lhe tinham muita simpatia, porque Tim Finnetey era um ladrão, que já havia trapaceado a muitos grupos de índios. Foi recusado, e jurou vingança.

"Meu pai e este homem desprezível já haviam se encontrado várias vezes em Black Hill. Odiavam-se mutuamente, e quando ficou sabendo que o marido de Ribanna estava longe, fazendo uma viagem ao Leste, Tim Finnetey foi até o acampamento dos asineboins, convidando a tribo rival dos ponkas para esta expedição que ele capitaneava. Conseguiu convencer os ponkas, e chegaram no momento que os guerreiros asineboins estavam ausentes, caçando. Assim, covardemente, surpreenderam o acampamento, saqueando-o e incendiando-o, matando a todas as mulheres jovens e as donzelas.

"Quando os caçadores regressaram, só encontraram cinzas, mas seguiram as pegadas dos ponkas e de seu malvado chefe, e como isto havia acontecido pouco antes do nosso regresso, eu e meu pai também nos lançamos atrás deles, para sabermos quem seria o autor daquela tragédia.

"Pelo caminho encontramos Winnetou, que fazia uma das suas freqüentes viagens. Meu pai contou-lhe o que se passara e o chefe dos apaches imediatamente juntou-se a nós. Nunca esquecerei o semblante daqueles dois homens que, mudos e imóveis, mas com o coração em chamas, perseguiam ao odiado inimigo.

"Os ponkas alcançaram as margens do Bee-fork, e esperavam somente a chegada da noite para acamparem. Encarregaram-me que cuidasse dos cavalos, mas a impaciência me devorava e, quando acreditei ter chegado o momento do ataque, deslizei por entre as árvores do bosque, onde ouvi o primeiro disparo. Foi uma noite horrível, espantosa. O inimigo nos superava em número e os gritos de guerra não cessaram até que começou a clarear.

"Eu era pequeno e um terror indizível apoderou-se de mim ao escutar o grito de triunfo dos nossos inimigos. Compreendi que os meus haviam sido derrotados, e corri a esconder-me entre o matagal até que escurecesse, para então examinar o local onde havia acontecido a batalha.

"Não sei o tempo que fiquei ali, mas um novo dia veio. Passou-se mais uma noite e estava amanhecendo quando senti que alguém se aproximava. Ergui-me e vi Winnetou e meu pai, os dois em farrapos, os corpos cobertos por feridas. Tinham sido obrigados a ceder ante a superioridade numérica do inimigo, que os havia feito prisioneiros, arrastando-os com eles. Mas conseguiram escapar e retornaram ao local do combate para recolherem os cadáveres dos seres queridos."

Harry escondeu o rosto entre as mãos e achei conveniente consolá-lo, diante da tristeza de suas lembranças. Toquei-lhe o ombro e, ao compreender minha intenção, murmurou:

— Não se preocupe, estou bem. Deixe-me terminar o relato. Quando, naquela noite, enterramos os cadáveres, para livrá-los do ataque dos abutres, nós três sentimos o coração palpitar por um mesmo sentimento: o ódio selvagem contra estes assassinos. Foi quando Winnetou nos disse:

"— O grande chefe dos apaches escavou o chão e encontrou a flecha da vingança. Sua mão se crispa, seu pé é ligeiro e sua machadinha tem a rapidez do relâmpago. Procurará, indagará e encontrará Tim Finnetey, o assassino da Rosa de Quincourt. E Winnetou terá seu escalpo em troca da vida de Ribanna, a filha dos asineboins."

— Foi Finnetey quem a matou? — perguntei.

— Sim. Nos primeiros momentos da luta, quando os surpresos ponkas acreditavam que iriam ser vencidos, Tim Finnetey disparou sobre minha mãe, desapiedadamente. Winnetou o viu fazê-lo, e tentou abrir caminho até ele. Mas os inimigos eram numerosos e ao fim, conseguiram capturá-lo.

Voltou-se, perguntando-me energicamente:

— Crê agora que tenho motivos de sobra para odiar este canalha?

— Tem, Harry. Mas torno a dizer-lhe que o ódio é mau conselheiro.

— Pode ser que seja, mas... Sabe o que fez Finnetey, divertindo-se com seu crime e sua vitória? Quando Winnetou e meu pai foram feitos prisioneiros, teve o cinismo de presentear Winnetou com a pistola com que havia matado minha mãe, supondo-a descarregada.

— Só um desalmado poderia fazer isto.

— Pois ele o fez, para que Winnetou recordasse que com esta pistola ele havia matado a mulher que o apache tanto amara e respeitara.

Harry tirou a arma da bainha, contemplou a pistola e disse, surdamente:

— Winnetou me presenteou com ela, e desde então sonho descarregá-la no vil assassino de minha mãe e de meu irmãozinho. Nunca me separo dela!

— Escute, Harry, queria dizer...
Não me fez caso, e rechaçou meus conselhos, mas não por desprezo, mas porque, naquele instante, um assovio penetrante ressoou no vale, e o menino me falou:
— Meu pai está nos chamando. Vamos descer.
E eu o segui.

Capítulo II

Ao chegarmos embaixo, depois de um ligeiro afago em Andorinha, como era meu costume, aproximei-me do grupo, que estava fazendo o julgamento do prisioneiro Tim Finnetey.

Old Firehand presidia a reunião de seus caçadores; no centro, amarrado a uma estaca, estava o enorme Parranoh, escutando as deliberações sobre a sua sorte. Seus músculos estavam tensos e seu rosto apresentava-se feroz, enquanto gritava raivosamente.

A voz do velho Sam Hawkens destacou-se, dizendo no momento em que eu chegava:

— Temos que terminar com este canalha. Mas minha "Liddy" não quer a injustiça de tomar parte em sua execução. Aprecio demasiado minha escopeta!

— Merece a morte, e logo! — disse Dick Stone.

— Gostaria de vê-lo enforcado — disse alguém mais.

Old Firehand levantou os braços, pedindo silêncio, e anunciou:

— Todos estamos de acordo. Mas nosso vale não deve ser manchado com o sangue deste réptil. Proponho que o façamos lá fora, próximo das águas de Beefork, onde assassinou os meus covardemente, recebendo lá o seu castigo.

Ninguém replicou e pouco depois o explorador acrescentou:

— A terra que escutou meu juramento deve presenciar também a sua realização.

Acreditei ser prudente intervir, recordando-lhes:
— Efetuar este traslado tem seus riscos, Old Firehand. Não se esqueça que os ferozes ponkas estão nestas proximidades.

Voltei-me para Winnetou, procurando ajuda em seus conselhos, dizendo-lhe:
— Que diz Winnetou, o chefe apache?
— Winnetou não teme as flechas ponkas.
— Eu também nas as temo, mas não vejo a necessidade de nos expormos a tamanho perigo somente para castigar este homem junto as margens de Bee-fork. Ele não merece semelhante risco!

Encontrei o olhar de Harry, que me disse:
— Não se arrisque então, se não o quiser. Pode ficar aquecendo-se nas mantas do seu leito, senhor. Mas eu compartilho a opinião de meu pai. Exijo que se cumpra a sentença no mesmo lugar onde repousam as vítimas do criminoso!

— Deveriam ser mais razoáveis — insisti, olhando para todos os presentes.

— Não cumpre os seus juramentos, Mão-de-Ferro? — perguntou-me Old Firehand.

— Sempre! — repliquei prontamente.

— Pois nós também! Contraí uma dívida com os meus, e jurei cumpri-la ao pé das sepulturas.

— Compreendo a posição de vocês. Acham-se atados por esse juramento sagrado e eu, particularmente, creiam-me que os respeito. Mas não me peçam mais opiniões sobre estes assuntos.

Dei meia-volta e afastei-me do conselho, não sem antes encarar o prisioneiro que, atado ao tronco, apesar da dor que devia causar-lhe as amarras que penetravam em sua carne, não fazia o menor gesto nem demonstrava suas emoções diante das deliberações sobre qual o local de sua morte. Mas em sua face repugnante, parecia estar escrito toda a história de sua vida.

Muito depois da longa conferência, o conselho dissolveu-se e adivinhei suas resoluções ao ver que os caçadores dispunham-se para a partida. A vontade de Old Firehand e seu filho Harry havia-se imposto, e temi que tal decisão, determinada ou não por juramentos sagrados, acabasse por nos trazer sérias complicações.

Old Firehand aproximou-se de mim para dar-me explicações, colocando a mão sobre o meu ombro, amistosamente:

— Não se preocupe, Mão-de-Ferro. Deixe correr as coisas, e não tente entender nossas razões com a lógica dos seus pensamentos. Observe que não estamos aqui em um mundo civilizado e devemos, na maior parte das vezes, fazer-nos dignos do ambiente em que vivemos.

Olhando-o fixamente, perguntei:

— Suas palavras podem ser tomadas como uma desculpa?

— Digo que são uma explicação de nossas reações, amigo.

— De modo que... Vamos ao rio Bee-fork?

— Sim, mas se você não quiser vir, alegra-me saber que ficará alguém aqui em quem posso confiar a segurança da minha "Fortaleza".

— Eu a defenderei, mas deixe-me dizer-lhe que não será minha culpa se lhes ocorrer algo desagradável pelo caminho. Quando estarão de volta?

— Não posso precisar. Tudo depende do que encontraremos fora do vale.

Vi sua mão, grande e generosa estendida para mim, e a apertei, desejando-lhe:

— Sorte, Old Firehand! Muita sorte!

— Vamos precisar. Obrigado, Mão-de-Ferro!

Capítulo III

Old Firehand aproximou-se dos encarregados de conduzirem o prisioneiro, que estava sendo desatado do tronco onde havia permanecido, escutando as deliberações do conselho. Do meu local de observação, pude ver que ele dava ordens aos que se dispunham a partir, esperando somente o regresso de Winnetou, que havia saído para explorar as imediações do vale.

Quando o chefe apache regressou, dizendo que nada de suspeito havia encontrado, amordaçaram Tim Finnetey e o grupo encaminhou-se para a estreita saída do vale. Mas Winnetou demorou-se, para poder perguntar-me:

— Meu irmão branco fica?

— Sim, Winnetou. Conhece meus sentimentos, sem que os revele minha boca. Jamais gostei de ver execuções.

— Esse homem merece mil vezes a morte.

— Repare que não estou negando isto. Simplesmente estou dizendo que não gosto de ver execuções.

— Meu irmão branco tem um bom coração, duro na luta, mas mole quando o inimigo está vencido. Sei que é cristão, e aprecio sua forma de pensar e agir, mas Winnetou deve estar ao lado do filho de Ribanna.

— Também o compreendo, meu amigo. Vá com eles e boa sorte!

Nada me disse, discreto e prudente, como sempre havia sido aquele grande chefe dos apaches. Mas em seus grandes e nobres olhos, eu pude ler algo mais do que o dever que ele dizia ter em acompanhar a comitiva. Sentia-se obrigado a ir com eles, mas também o fazia para protegê-los, para lutar uma vez mais pelo jovem Harry, se preciso, e também por Old Firehand.

E ali, na "Fortaleza", eu fiquei com os poucos caçadores que não se uniram à comitiva, entre eles Dick Stone, que naquele momento montava guarda na entrada do vale. Fui procurá-lo, dizendo que iria sair para fazer o reconhecimento do terreno.

— Não é necessário — respondeu-me. — Winnetou fez isso há pouco tempo e não encontrou novidades.

— Eu sei, Dick, mas esses índios ponkas não estão aqui de férias. Todo cuidado é pouco com relação a estes selvagens.

Peguei meu rifle de repetição e saí do vale, esgueirando-me por aquela passagem natural entre as rochas. Estava acostumado a confiar mais em mim do que nos outros diziam, e queria comprovar se o grupo se afastava sem grandes surpresas.

Vi-os caminhando, e quando os perdi de vista, entrei no bosque, cautelosamente, procurando pegadas dos ponkas. Dei voltas e mais voltas sem deixar de observar o terreno e, por fim, vi grama pisada, o que significa que os ponkas haviam estado ali, não muito distantes da entrada do nosso refúgio.

Galhos partidos fizeram-me examinar ainda mais atentamente o chão, e mostrou-me que ali havia estado um homem estendido. Era óbvio que havia tentado, ao afastar-se, desfazer os sinais de sua passagem, mas não o havia conseguido inteiramente.

— Estavam nos espionando — pensei.

Se era assim, deveriam ter descoberto a entrada secreta do nosso vale, quando a comitiva saiu. Mas raciocinei que não nos atacariam no vale, tendo a atenção voltada para o resgate de Parranoh.

— Mas se for assim... — pensei. — Tenho que ir avisar Old Firehand!

Decidi segui-los, certo de que na "Fortaleza" poderiam passar bem sem mim, em caso de um ataque de guerreiros ponkas. O que me interessava mais era evitar um possível ataque ao grupo, onde não só estavam meu amigo Winnetou e Old Firehand, mas também o jovem Harry.

Eu desconhecia o local onde deveria ter lugar a execução do prisioneiro, e não sabia a direção exata. Era preciso buscar as pegadas do grupo que avançava até as margens do Bee-fork, motivo pelo qual redobrei minhas

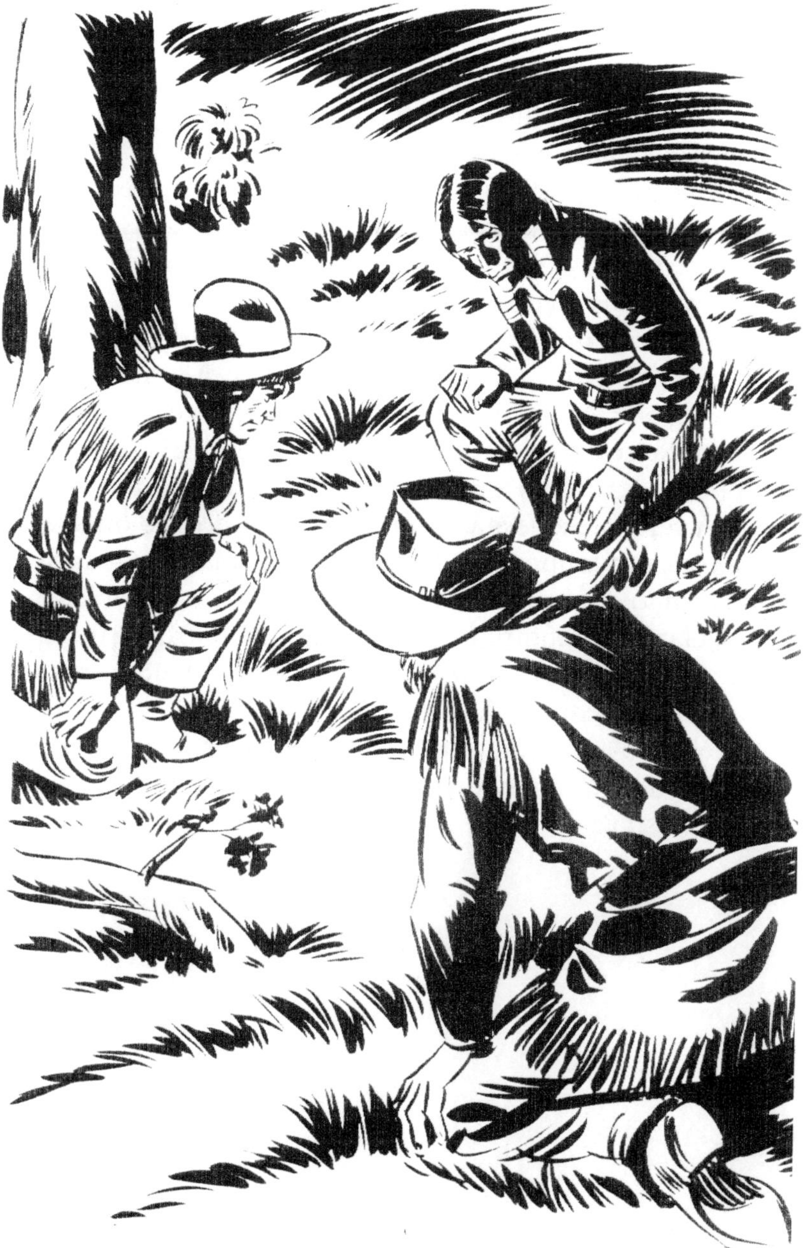

precauções e esforços para seguir sua pista. Dentro em pouco encontrei em uma curva do riacho, onde o mato escasseava, um grupo de pinheiros, debaixo do qual descansavam meus companheiros.

Estava ainda distante, mas podia escutar a conversa animada, ainda que não entendesse bem as palavras que cruzavam entre si. Vi Tim Finnetey fortemente amarrado a um dos pinheiros, forçando inutilmente as amarras, tentando soltar-se, ou quem sabe buscando uma posição mais cômoda.

Prudentemente, naquele descanso, Old Firehand havia ordenado a um de seus homens que montasse guarda, e o distingui ao fundo, onde terminava o grupo de pinheiros. Mas naquela posição, a sentinela não podia enxergar o que eu estava a ver, alarmando-me.

À minha esquerda, a uma distância de seis ou sete metros, um grupo de índios, ocultos na mata, esquadrinhavam o descampado. Não eram muitos, e isso me fez calcular que contariam com a ajuda de outros grupos, ocultos em outras partes, preparados para lançarem-se sobre meus companheiros.

Mas se contavam também com o fator surpresa, ao menos aquela vez equivocavam-se.

Eu estava ali para evitar isso!

O Assalto

Capítulo Primeiro

A melhor forma de chamar a atenção de meus companheiros, e ao mesmo tempo impedir o ataque dos índios, era eu mesmo começar o ataque. Assim é que, pegando o rifle, disparei contra o grupo de índios, meio ocultos e durante os primeiros instantes, só se ouviam os meus disparos.

Os gritos que partiram da direita indicaram-me, claramente, o que eu já havia suspeitado: que outros grupos de índios rondavam por ali, também dispostos a exterminar meus amigos.

E logo, como que brotando da terra, atrás de cada arbusto surgiu um índio, que começaram a disparar flechadas freneticamente. Milagrosamente salvei-me daquela chuva de flechas, lançando-me rapidamente ao solo, o que me impediu de continuar disparando.

Por outro lado, também não poderia continuar a fazer isto. A luta corpo-a-corpo estabeleceu-se rapidamente, e tive que utilizar minha arma como eficaz clava, agarrando-a bem pelo cano e distribuindo golpes a torto e a direito.

Em um destes volteios, observei o que se passava no improvisado acampamento de meus amigos, os quais, apoiando-se uns contra os outros, ou contra os troncos das árvores, defendiam-se valentemente da inesperada e traiçoeira agressão. Todos aqueles caçadores eram homens acostumados a estas periódicas investidas de tribos hostis, e sabiam como lutar em tais circunstâncias. Mas parecia inevitável que, por fim, acabariam vencidos pela superioridade numérica dos inimigos, a não ser que acontecesse algum milagre.

Consegui ver também que o jovem Harry, pistola em punho, dispunha-se a atirar contra o prisioneiro atado na árvore. Parranoh, aterrado, vendo aquela jovem mão vingadora, gritou para os índios que atacavam:

— Aqui! Venham! Não deixem que me mate!

Um dos índios acabava de derrubar com sua machadinha um dos caçadores e, compreendendo a intenção do rapazinho, correu para interpor-se entre Harry e seu chefe prisioneiro. Conseguiu, levando uma bala no ombro, deixando-se cair ao solo lançando um grito de dor que dominou o enorme alarido do campo de batalha.

Vi outro índio correndo em direção a Harry, com seu terrível machado pronto para desferir-lhe o golpe, e gritei, desesperado:

— Cuidado, Harry! Nas suas costas!

O valente filho de Old Firehand girou sobre si mesmo, velozmente, e uma vez mais disparou sua pistola, e desta forma evitou a morte. A dura batalha não nos permitia falar-nos, mas mesmo estando distante, acreditei enxergar o olhar pleno de gratidão do menino.

Dentro em pouco estávamos, mais ou menos, feridos. Winnetou e Old Firehand debatiam-se bravamente entre cinco ou seis índios que os rodeavam e, ainda que tentasse desesperadamente aproximar-me deles e ajudá-los, não o consegui, já que três ponkas estavam à minha frente, impedindo-me de correr até eles.

Agora que reconstruo esta cena, tudo me parece mais claro, mas aqueles instantes foram de puro movimento e desespero. Tudo girava vertiginosamente, não havia tempo para raciocinar.

Recordo confusamente que um grupo de índios conseguiu chegar até a árvore onde meus amigos haviam amarrado o prisioneiro, libertando o odioso Parranoh, que reuniu-se aos seus homens imediatamente.

Tim Finnetey havia pego uma das machadinhas caídas por ali, e concentrou-se primeiro em Winnetou, correndo até ele, enquanto gritava:

— Hoje sou eu que arrancarei seus cabelos, cão do diabo! Winnetou irá pagar caro pelo que fez comigo!

Ao ouvir isto, Winnetou desferiu ainda mais raivosamente seus golpes, livrando-se dos inimigos que o acossavam, e avançando para ficar cara-a-cara com o novo inimigo que se lhe apresentava. Winnetou estava transfigurado e seu rosto, normalmente calmo e sereno, estava desfigurado pelo ódio e pela fúria. Um ódio que eu não o acreditava capaz de sentir.

— O homem branco renegado irá morrer! — gritou ele, por sua vez.

Foi um autêntico encontro entre dois colossos. Fortes, musculosos, retesados, arremeteram um contra o outro com toda a ferocidade dos animais selvagens. As machadinhas chocaram-se, soltando chispas. E iniciaram assim uma série de saltos, giros, passos e contrapassos, como se aquilo fosse uma dança: a terrível dança da morte.

Se um dos dois se descuidasse, se tivesse mesmo que uma pequena falha, estaria irremediavelmente perdido, cairia sob os golpes do rancoroso inimigo, que não conheceria nem só um segundo de compaixão.

Old Firehand encontrava-se cercado por inimigos, e tampouco podia socorrer seu amigo apache. Assim como eu, lutou valentemente pela sua vida, pois sabia também que a nobreza e a valentia de Winnetou lhe bastariam.

Uma vez fora de combate vários dos caçadores, os ponkas criaram fôlego e atacaram com redobrado esforço. A superioridade numérica fazia-se cada vez mais sensível, e compreendi que se continuasse assim, o fim aproximava-se para nós.

Sou dos que acreditam que os homens, mesmo nos momentos mais difíceis e críticos de sua vida, não devem perder a cabeça nem deixar de raciocinar. A mente é a faculdade mais elevada que alguém pode ter, e a última coisa que devemos deixar embotar. Não ver as coisas claramente, negar-se a admitir uma situação evidente, nos torna de valentes a suicidas. Deve-se defender a vida a todo custo e, para fazê-lo, é preciso compreender quando o esforço torna-se inútil. Não fazer assim, era loucura.

Prolongar aquela resistência era mais que uma temeridade, era um suicídio voluntário. Por isso gritei, arrastando Harry por um braço, quando consegui chegar até ele:

— Para o rio, companheiros!

Lancei-me na correnteza de cabeça, arrastando atrás de mim o menino que, obstinadamente, empenhava-se em seguir lutando ali com o número de amigos cada vez mais reduzidos.

Não obstante, minha voz deve ter sido ouvida, e todos os que conseguiram escapar de seus adversários, seguiram meu exemplo, desaparecendo também debaixo dágua por alguns momentos.

Tenho que dizer que o rio Bee-fork era, ainda que profundo, muito estreito naquela parte. Bastavam umas poucos braçadas para chegar à outra margem, e sempre arrastando Harry comigo, atravessei aquela distância debaixo dágua, sentindo meus pulmões quase estourando, por causa do cansaço.

Mas, também devido a esta pequena distância entre as margens, eu não podia considerar-me a salvo somente por ter atravessado o rio. Por isso, continuei correndo, obrigando Harry a me seguir, quando, veloz como uma gazela, algo passou diante de nós, quase nos derrubando.

Era o corpo esmirrado e magro do bom Sam Hawkens, com o colete pingando água e os mocassins encharcados, olhando para trás para ver se nossos perseguidores estavam nos alcançando.

— Salve-se quem puder! — ouvimos ele gritar! — Corram!

E mesmo sendo tão velho, aquele homem que já havia percorrido todo o bravo Oeste, corria como se tivesse asas nos pés, para defender sua pele.

O mesmo não acontecia com Harry, que gritava, debatendo-se:

— Meu pai! Meu pai ficou ali! Quero estar a seu lado! Não devemos abandoná-lo!

— Ele conseguirá escapar, menino! Não se esqueça que ele é Old Firehand!

— É uma covardia fugir! — insistia.

— Não o acredite, principalmente nestas circunstâncias, seu pai lhe diria o mesmo!

Abríamos caminho pela mata de qualquer jeito, sentindo o rosto empapado de suor. Mas nossa fuga não era de todo desesperada. Eu havia procurado avançar seguindo o curso do rio, e dando exemplo ao menino e a Sam, tornei a gritar:

— Mergulhem outra vez!

As águas do Bee-fork tornaram a fechar-se sobre nossas cabeças e cruzamos o rio mais uma vez. Desta forma, regressamos à margem da qual havíamos fugido, mas muito acima de onde estávamos de início.

A cabeça molhada de Sam Hawkens apareceu, e o velho saltou para a margem, seguindo-me e a Harry. Olhando-me fixamente, perguntou:

— Que surpresa o engenhoso Mão-de-Ferro está armando agora?

— Siga-me e já verá. Vamos mesmo surpreendê-los.

Deslizamos cautelosamente até o local do combate, mas ali não vimos mais ninguém. Old Firehand, Winnetou e os caçadores sobreviventes deviam ter fugido também, na melhor das hipóteses. Ou, na pior, tinham sido lançados dentro do rio, depois de mortos, ou seriam prisioneiros, sendo conduzidos pelos ponkas vencedores.

Mas isto não podia ser, por um detalhe importante que captei no mesmo instante. Ali, junto à margem do rio e abandonado, vimos muitas das armas dos ponkas, rifles, arcos e flechas, assim como machadinhas.

— Hi! Hi! Hi! — começou a gargalhar Sam Hawkens.
— Que tontos são estes selvagens! Nos deixaram suas armas de presente!

— Não acredite nisso, Sam. Deixaram-nas aqui para poderem correr mais velozmente atrás de nós. Não acreditaram que homens vencidos voltariam ao campo de combate.

— Que faremos com isto? — perguntou Harry.
— Vamos pegar o que nos for útil, e jogar o resto no rio.

Assim o fizemos e dentro em pouco, por entre o bosque, procurando não sermos vistos e descobertos, encaminhamo-nos para o vale que, com toda certeza, já era conhecido pelos ponkas. Calculei que somente uma parte deles havia lutado conosco junto ao Bee-fork, enquanto os outros estariam preparando-se para atacar o acampamento, até então oculto dos caçadores de Old Firehand.

E havíamos andado pouco, quando escutamos um disparo vindo da direção do vale.

Capítulo II

— Apertem o passo! — gritou Sam Hawkens. — Estamos andando como tartarugas!

Notei que Harry nos seguia não muito satisfeito consigo mesmo, nem conosco. Mas não havia tornado a protestar, e limitou-se a seguir-nos, quando apressei o passo, seguindo o velho.

Quando novos disparos e detonações foram ouvidos na direção do vale, disse para mim mesmo que tudo havia ocorrido tal e qual havia avisado a todos, quando estiveram discutindo sobre levar Parranoh até o local onde deveria morrer. Mas nada disse a eles, mesmo porque não iria ganhar nada com isto, reprovando-lhes a decisão, e também porque era-me doloroso ver o rosto de Harry, lamentando a decisão tomada.

Os disparos eram cada vez mais freqüentes, e já não tínhamos dúvidas que nossa gente estava tentando defender a "Fortaleza" em luta aberta contra o inimigo. Era preciso auxiliá-los, e pusemo-nos a correr, para não chegarmos demasiado tarde. Antes de nos dirigirmos para a entrada secreta da "Fortaleza", os vivazes olhinhos de Sam Hawkens examinaram o terreno, anunciando:

— Muitas pegadas! Os ponkas devem estar próximos da entrada do vale.

— Nós os atacaremos pelas costas — opinei.

Nem terminei de dizer isto quando, em nossas costas, sentimos os passos de alguém que também avançava correndo. Viramos rapidamente, com as armas engatilhadas, quando, com grande alegria, gritei:

— Winnetou!

— Graças a Manitu, meu irmão branco também está a salvo — disse ofegante, quando se aproximou.

Tive necessidade de tocar o braço de meu irmão de sangue, brilhante por causa do suor que cobria seu corpo, e também, pelo sangue das suas feridas, que começava a secar, somente para assegurar-me que ele estava vivo. Ele sorriu, e também fez o mesmo comigo, tornando a dizer:

— Alegra-me também que o filho de Old Firehand também esteja a salvo.
— E não vai dizer nada deste velho aqui? — protestou Sam Hawkens.
Winnetou sorriu-lhe amistosamente, mas limitou a estender a mão, sorrindo ao estilo indígena:
— Jau!
— Jau! — repetiu o velho explorador.
— Sabe algo sobre meu pai, Winnetou? — perguntou angustiado o menino.
— Não tema, filho de Ribanna. Old Firehand está vindo atrás de mim. Eu abri a marcha e corri ao vê-los.
Todos nós cravamos os olhos na direção em que Winnetou havia surgido e vimos, extremamente cansado pela corrida e todo o esforço daquele dia, o famoso explorador Old Firehand, que caminhava em nossa direção, respirando penosamente. Ao vê-lo, Harry correu, abraçando-o e dizendo:
— Meu pai! Temi que...
— Não falemos disso agora, Harry. Temos muitas coisas a fazer!
Quando juntaram-se a nós, Old Firehand disse:
— Ouviram os disparos?
— Sim! E você está pensando o mesmo que eu. Estes selvagens estão agora atacando a sua "Fortaleza".
— Exatamente, meu amigo. Sendo assim, nada temos a fazer aqui. Vamos ajudá-los a defendê-la.
Seguimos os cinco, avançando cautelosamente até que, já perto da entrada rochosa do vale, por conselho de Old Firehand, separamo-nos, para avançar em meio círculo e fazer crer ao grupo de ponkas, que tentavam vencer a resistência na entrada do vale, que estavam sendo atacados por um grupo muito maior do que nós cinco. Nossa intenção era que batessem em retirada ao verem-se obrigados a defenderem-se em duas frentes, o

que nos deixaria caminho livre para reunirmo-nos com nossos companheiros.

A um sinal previamente combinado, o primeiro disparo de Old Firehand, nós também começaríamos a descarregar nossas armas. Winnetou avançava a minha esquerda, e entre ele e Old Firehand, estava o jovem Harry, que era o que disparava mais furiosamente. Sam Hawkens completava o círculo e logo, antes que esperássemos, obtivemos resposta.

Como nossos tiros não cessavam e os ponkas começassem a cair, os índios realmente nos julgaram em maior número, e não tardou a cair o pânico sobre eles. Não tivemos a sorte de que fugissem desordenadamente, cruzando a planície, o que tornaria fácil para nós atirar neles. Deslizavam como cobras pelo terreno e assim, semiocultos pelo mato, nossa "caçada" terminou.

Bill Butcher, o sentinela que havia dado o sinal da chegada dos pele-vermelhas, havia-se retirado oportunamente para dentro do passadiço rochoso que dava acesso à "Fortaleza". Os índios, desejosos de exterminar todos os brancos que encontrassem refugiados ali, e pensando também no rico butim de peles e outras coisas que poderiam encontrar, haviam-se lançado loucamente atrás do sentinela, para compreenderem, demasiado tarde, que as balas choviam de todas as partes sobre eles.

Mas, dispostos a entrarem no vale, eles continuaram a forçar a passagem por ali. Foi quando nossa chegada inesperada trouxe-lhes mais problemas. Por isso fugiram, e nós, tomadas as devidas precauções, pudemos afinal entrar.

Recordo que enquanto passava pelo estreita passagem, pensei que aquele vale era realmente uma fortaleza, e um refúgio para descansar das fadigas do dia, comentar tranqüilamente com os amigos as aventuras do dia.

Mesmo que fosse somente aquilo um breve momento, nós a havíamos defendido bem!

Capítulo III

Depois de descansarmos, repormos as energias, cuidarmos das nossas feridas, e de um bom assado de carne, nos reunimos, no calor da fogueira, com exceção dos sentinelas, para trocarmos impressões.

Claro que ninguém ali havia esquecido os companheiros perdidos, mas o homem do Oeste tem uma forma muito peculiar de agir que, se superficialmente parece desapiedada, com o tempo compreende-se sua utilidade. Chorar os mortos é digno entre as pessoas civilizadas, mas fazê-lo cria um sentimento de tristeza que, muitas vezes, nos enfraquece o ânimo para prosseguir a luta.

A melhor coisa a se fazer naquele momento era não pensar em nada que pudesse nos limitar, nos retirar a energia e o ânimo. E aqueles homens, fiéis à sua maneira de agir, puseram-se a contar suas façanhas, e tudo o que havia acontecido, guardando para depois o luto pelos mortos.

Parecíamos estar todos de acordo que não havia motivos para temermos os ponkas, por mais guerreiros que tivesse conseguido arrastar à luta o liberto Tim Finnetey, uma vez mais convertido no chefe Parranoh. E que também agora a alma negra deste homem deveria carregar um ódio ainda maior por nós.

Observei que Old Firehand concordava com esta opinião otimista, sendo Winnetou o único a di.scordar:

— Eles ainda podem nos dar sérios desgostos.

As palavras prudentes do chefe apache nunca podiam ser tomadas como produto do medo. Todos ali o conheciam de sobra, e o fato dele discordar da opinião

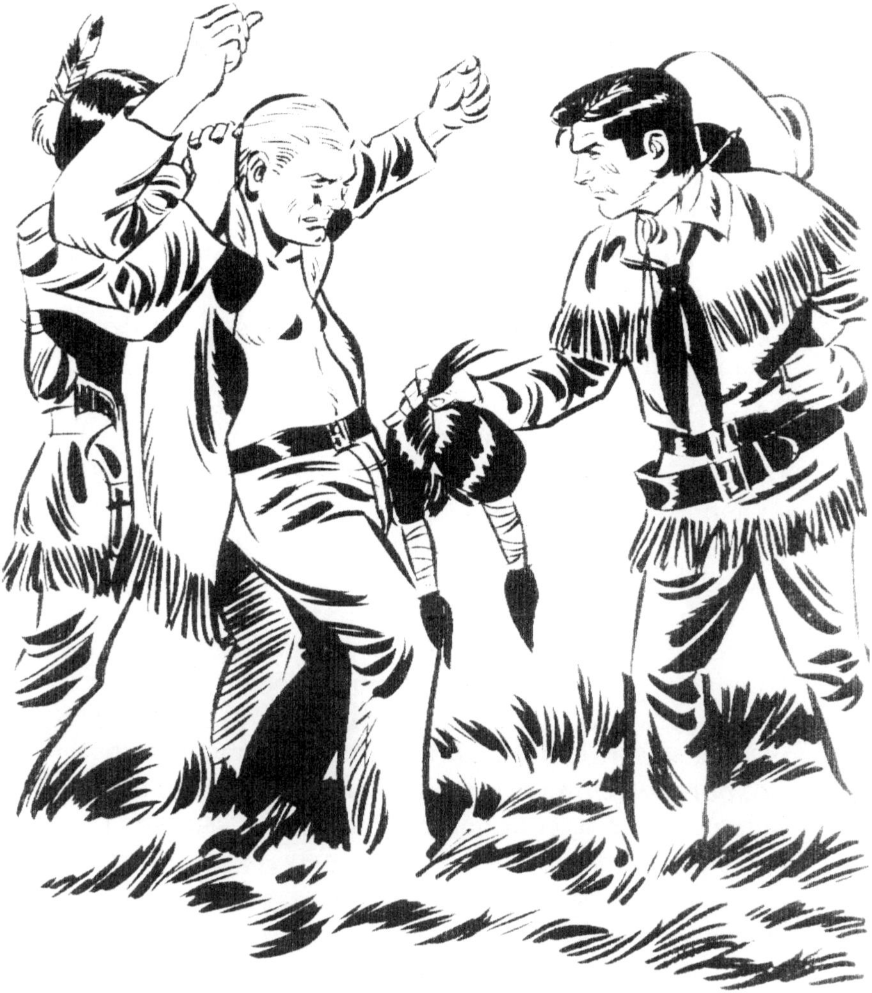

da maioria devia-se a um fato somente: ele conhecia, melhor que ninguém, do que eram capazes os ponkas, sobretudo quando sentem-se humilhados e ofendidos, por haverem perdido para nós as últimas batalhas.

Enquanto os demais seguiam conversando, vi o famoso explorador levantar-se e encher seu cachimbo, para terminar aproximando-se de onde eu estava sentando, para dizer-me:

— Você tinha razão, Mão-de-Ferro. Levados por nossos juramentos, fomos imprudentes ao querer transportar esse homem para o lugar onde assassinou minha esposa.

— Não pense nisto agora, Old Firehand, há coisas mais importantes. Se nos atacarem novamente, acredita que vamos poder enfrentá-los aqui?

— Sem dúvida alguma. Jamais ninguém conseguiu invadir este vale!

— Até agora não, mas, não será porque desconheciam sua existência? É muito diferente agora que...

— Não se preocupe, tomaremos todos os cuidados.

Notei a falta de meu amigo apache, e levantei-me para ir procurá-lo. Sabia mais ou menos onde poderia encontrá-lo, e não me enganei. Winnetou tinha o mesmo costume que eu, de ir verificar seu cavalo de vez em quando, e o encontrei esticado na grama fresca, quase debaixo das patas de seu soberbo animal, que pastava feliz.

Winnetou, com seu ouvido privilegiado, escutou que alguém se aproximava. Deve ter também me identificado, porque nem se moveu, e com as mãos cruzadas debaixo da cabeça, continuou admirando as estrelas.

— Os olhos de meu amigo estão sombrios e vejo que seu rosto está marcado pela preocupação — comecei dizendo. — Que pensamentos perturbam Winnetou?

— Vejo a morte entrando por esta estreita passagem rochosa, e a perdição atingindo este vale. Parranoh virá sedento dos escalpos de todos os caçadores que se refugiam aqui.

— Old Firehand e seus caçadores dizem que eles não conseguirão entrar.

Winnetou olhou-me, fixamente, balançando a cabeça, dizendo:

— Old Firehand é um vitorioso. Sempre saiu-se bem, por isso confia tanto.

— Mas eu lhe digo, amigo, que também acho muito difícil que eles entrem aqui.

— Meu irmão diz palavras nas quais não acredita. Pode um só rifle deter um grande número de ponkas?

Em parte, Winnetou tinha razão. Contra um número pequeno de inimigos, um só homem poderia defender com seu rifle a entrada do vale, mas não diante de um grande número de guerreiros, como sabíamos que Parranoh iria lançar ao assalto. O problema estava em que, se somente um podia entrar, também somente um poderia oferecer resistência.

E quando um atrás do outro, entrassem empurrando...

— Certo, Winnetou — admiti, depois de pensar. — Podem morrer os primeiros, mas será muito difícil barrar os que vierem atrás.

Decidi que era necessário ir falar sobre isso com Old Firehand, e o fiz aquela noite mesmo. Mas o famoso explorador limitou-se a responder:

— Deixe que tentem! Fecharemos a passagem, e daremos cabo daqueles que conseguirem chegar ao vale. Não se preocupe mais, Mão-de-Ferro!

A vigilância foi duplicada aquela noite, e não sei se por acaso ou porque Old Firehand dispôs assim, a Winnetou e a mim coube a guarda da madrugada. Eu sabia que este era o horário preferido para os índios atacarem, e por causa disso, eu e meu amigo redobramos nossa vigilância, ficando atentos a qualquer ruído.

A noite transcorria serena e tranqüila sobre o vale, e uma grande fogueira ardia perto das casas, construídas com troncos das árvores que cresciam ali abundantemente. A claridade das chamas esparramava-se oscilante, e meu cavalo Andorinha, que eu deixava em liberdade naquele vale cercado por montanhas, pastava na escuridão.

Antes de ir dormir, quis vê-lo, e o encontrei mordiscando a grama. Eu o acariciei, mas ele estava nervoso, com uma inquietude que não lhe era própria, estando sempre sossegado e satisfeito. Quis tranqüilizá-lo, acariciando sua cabeça:

— Quieto, Andorinha! Quieto! O que você tem?

Ouvi um ruído surdo e o animal ficou de orelhas em pé. Ia relinchar e como até a respiração poderia nos delatar, apertei-lhe as narinas para que não o fizesse.

Enquanto que de cima não podíamos ser vistos eu, levantando a cabeça, podia ver recortando-se contra o céu qualquer vulto que se aproximasse da borda dos penhascos que coroavam o círculo do vale.

Nos primeiros momentos, depois da queda da pedra que nos alarmou, não pude observar nada de anormal. Aquilo podia ser tomado como um sinal evidente de que haviam se dado conta do ruído produzido tão bem quanto eu, por isso, quem quer que fosse queria guardar silêncio, para certificar-se de que não havia sido ouvido.

Esta minha suposição resultou acertada, e fiquei absolutamente imóvel, podendo ver, dentro em pouco, várias sombras destacando-se nas rochas sombrias, e descendo cautelosamente. Logo vi toda uma fileira de índios, descendo para o vale. Seguiam em silêncio, o que ia adiante mostrando-lhes o melhor caminho, e ao que parecia, ele estava mesmo admiravelmente inteirado daquele lugar.

— Quieto, Andorinha, quieto! — tornei a sussurrar para o meu cavalo.

Se estivesse com o meu rifle, teria sido fácil atirar no

guia daquele grupo de índios, e assim dar também o sinal de alarme aos meus companheiros. A morte do condutor, forçosamente iria deter os demais índios, que não se atreveriam a dar um passo mais em terreno tão perigoso. Mas para nossa desgraça, só levava o revólver no coldre, e calculei que a distância era ainda muito grande para atingir o bandido.

Além do que, se utilizasse o revólver, antes que meus companheiros pudessem vir em meu auxílio, eu já estaria à mercê dos índios, e minha situação poderia ficar muito complicada. Sair do meu esconderijo no meio do mato e correr, era oferecer um prato cheio aos inimigos, que tampouco deveriam deixar de estar vigilantes, com mil olhos abertos.

— Tenho que pensar em outro jeito — disse para mim mesmo.

Se o guia era quem ensinava o caminho aos outros, dava mostras de conhecer bem o interior do vale, significando que este podia ser o chefe dos ponkas. Parranoh, que havia permanecido prisioneiro ali. Eu o vi parar, antes de alcançar uma grande rocha, já quase no plano. Se conseguisse deslizar até ali, antes dele, poderia colocá-lo sob a minha mira, ordenando-lhe silêncio.

— Não seria de todo mal! — tornei a pensar.

E sem tempo para pensar duas vezes, arrastei-me até à rocha. Mas toda minha precaução em guardar o mais completo silêncio foi inútil, porque, naquele momento, um disparo soou.

Confesso que aquele primeiro disparo me desconcertou, mesmo porque demorei um pouco para compreender a astúcia dos índios, que com aquela hábil manobra, queriam nos fazer acreditar que estavam atacando a entrada do vale, chamando toda a atenção para aquele local, enquanto os outros deslizavam ao interior do vale, descendo furtivamente pelas paredes rochosas.

— Muito esperto! — murmurei.

Com rapidez, e dando o máximo de mim, trepei nas rochas, chegando a uma que para minha desgraça cedeu assim que coloquei os pés sobre ele, fazendo-me rolar até o fundo do vale, dolorido e machucado.

Devo ter perdido os sentidos durante uns momentos, ou fiquei aturdido, pois o caso foi que, quando começava a recuperar-me e abrir os olhos vi, a poucos passos de mim, os índios invasores.

Pus-me de pé com um salto, sentindo muita dor nas pernas, costas e braços. Mas ainda tinha forças para disparar e descarreguei o meu revólver, apontando para as silhuetas que avançavam para mim na escuridão da noite.

Vários gemidos de dor indicaram-me que minhas balas não tinham sido desperdiçadas, e corri coxeando até onde estava meu cavalo. Saltei sobre Andorinha, que se lançou num galope desenfreado pelo vale.

— Rápido, amigo! Rápido! — gritei, animando-o.

Já não precisávamos guardar silêncio, e os ponkas uniram seus gemidos de dor ao seu típico grito de guerra.

Um novo combate havia começado.

Capítulo IV

Ao chegar junto da fogueira, não encontrei ninguém ali, certamente porque todos os caçadores tinham corrido a defender a entrada do vale, de onde podia-se ouvir os disparos.

Tornei a carregar o meu revólver e disparei para o alto, chamando a atenção sobre mim, gritando para os meus companheiros que se aproximavam:

— Os índios já entraram no vale! Desceram pelas montanhas!

Em breves palavras, expliquei-lhes o que os índios pretendiam, simulando um ataque pela entrada do vale, desviando a atenção do grupo que já havia descido pelas paredes rochosas. Sabíamos que o inimigo era superior em número, e que uma luta corpo-a-corpo contra eles resultaria de todo impossível. Talvez, se entrássemos nas grutas do vale, teríamos uma melhor condição de nos defendermos, nivelando um pouco a luta.

Mas os peles-vermelhas já estavam ali, e fiéis ao seu habitual modo de combater, atacaram individualmente os caçadores que estavam reunidos em torno de mim, e os quais só tiveram uma opção: defender-se para não morrerem.

Montando sobre meu cavalo, eu ainda poderia alcançar as grutas. Foi quando vi, não muito distante, o jovem Harry, Old Firehand e Will Parker acossados pelo inimigo, e sem pensar duas vezes, galopei até eles.

— Para as grutas! Para as grutas, logo! — gritei como um louco.

Lancei o agitado Andorinha no meio daquele combate tremendo, fazendo que os índios perdessem sua vantagem inicial, ao serem arrolados pelo ímpeto de meu cavalo. Old Firehand aproveitou-se para arrastar Harry para as grutas, seguidos de Will Parker, que já estava com um braço ferido, por conta de um terrível golpe da machadinha indígena.

Também por ali, correndo na direção indicada por mim, vi o velho Sam Hawkens. Estava sendo perseguido por um dos ponkas, já com a faca na mão, quando coloquei Andorinha entre eles, e recomendei ao meu bom amigo:

— Agarre-se em mim! Andorinha dará bem conta de nós dois!

As mãos do velho explorador agarraram a sela, e o cavalo redobrou o esforço ao sentir o peso do outro cavaleiro. Com a mão livre, agarrei o casaco de couro do velho, gritando:

— Não solte! Suba de uma vez!

Quando chegamos às grutas, já os outros caçadores estavam lá, fazendo que os ponkas pensassem duas vezes antes de lançarem-se ao ataque, diante da descarga de suas armas.

Mas o fato era que estávamos irremediavelmente perdidos, diante do grande número de atacantes, sendo apenas questão de tempo que nos vencessem. Era certo que nossa retaguarda estava protegida, e podíamos controlar nossos disparos; mas para Parranoh não parecia importar o número de guerreiros que perdesse, e os mandava um atrás do outro, como se fossem cães raivosos.

Os rifles não deixavam de funcionar, e logo um dos caçadores gritou:

— Quem tem munição? A minha acabou!

Este era o nosso principal problema. Não porque não houvesse no vale munição suficiente, mas porque o ataque havia acontecido de surpresa, e partido de onde menos podíamos esperar. As circunstâncias nos obrigavam a defender-nos ali nas grutas, longe das casas onde Old Firehand tinha estocado provisões e munição para os seus caçadores, então, éramos forçados a nos defender com o que levávamos conosco.

Alguém mais anunciou que havia terminado seus cartuchos, e a voz do velho Sam Hawkens comentou, entre os estrépitos dos disparos que alguns ainda faziam:

— Que pena morrer assim! Teria gostado de viver mais uns duzentos anos!

— Feche a boca, velho zombeteiro! — replicou, de seu posto de combate, Will Parker.

Compreendi que a hora das últimas piadas havia chegado. Já sabia, por conta de outras aventuras vividas naquela terra, que os homens do Oeste começam a fazer piadas e insultar-se divertidamente, quando se vêem às portas da morte. É uma forma como outra qualquer de tirar a importância dos momentos críticos que vivem, para que o desalento não os domine, e para que possam precipitar-se para a eternidade com um sorriso nos lábios.

Era o faziam agora Sam e Will, trocando insultos, gritando animadamente:

— Já fez as pazes com Deus?
— Por que pergunta isso, coiote?
— Porque chegou a sua hora!
— É que não me recordo de haver brigado com ele! Por isso não tenho que fazer as pazes, animal!

Mesmo estando nervoso, não pude deixar de rir. Mas por cima dos gritos de Sam Hawkens e Will Parker, escutamos a voz potente de Old Firehand, gritando:

— Vamos atacar, rapazes! Não vamos permitir que nos encurralem aqui! Morreremos lutando até o último alento! Vamos!

Como um só homem, sem vacilarem, os caçadores de Old Firehand dispuseram-se a seguir seu chefe, saindo como leões acossados de dentro de sua caverna. Muitos deles esgrimiam os rifles e escopetas, já sem munição, dispostos a utilizar as armas como eficazes clavas. E quando o famoso explorador saiu, todos os seus companheiros o seguiram.

Por acaso eu poderia ficar ali, no abrigo da gruta, enquanto todos eles lançavam-se numa valorosa luta corpo-a-corpo?

Também os segui, murmurando:

— Seja o que Deus quiser! Aqui vou eu, também!

141

Como Um Milagre

Capítulo Primeiro

Momentos depois daquela carga, à direita e a poucos passos de mim, vi Old Firehand atacando os índios que tentavam atingi-lo com suas machadinhas e suas facas. Apoiava-se em uma pedra, para manter assim suas costas livres de qualquer ataque traiçoeiro. Seus cabelos longos e já grisalhos balançavam a cada movimento, e suas pernas abertas, pareciam troncos fincados no solo.

Manejava com suma eficiência o machado, e a faca, conseguindo assim manter distantes os índios que arremetiam contra ele desesperadamente. Old Firehand tinha ainda mais feridas e arranhões que eu, mas ninguém conseguia derrubá-lo, e mesmo no calor da batalha, não pude deixar de admirar aquele autêntico colosso, alto e resistente como uma rocha.

Não era à toa que todo o país sabia quem era Old Firehand.

Quando o combate atingia seu auge, algo passou entre os ponkas, que abriram caminho para deixar passar o chefe Parranoh, rugindo como um touro enlouquecido:

— Afastem-se! Deixem-no para mim!

Havia-se fixado em Old Firehand e seu ódio o fazia reclamar aquela vítima exclusivamente para ele.

— Por fim, está à minha mercê! Pensa em sua linda Ribanna e morra! — acrescentou, caminhando na direção de Old Firehand.

Com a faca na mão, dispôs-se a saltar sobre seu odiado inimigo quando eu, com um supremo esforço, derrubando o índio que me atacava, saltei sobre ele e consegui desviar aquela mão assassina. Ao ver-se imobilizado por mim, girou rapidamente, reconhecendo-me e tornando a gritar:

— Você também? Desta vez não me vencerá! A vitória será minha! Mas você, eu quero vivo!

E voltando-se para os seus, em dialeto ponka ordenou:

— Usem um *lariat*!

Pareceu esquecer-me, voltando sua atenção para Old Firehand. Ameaçou-o novamente com sua faca, e o feriu com o disparo de uma pequena pistola que trazia na outra mão.

Old Firehand levantou os braços para o alto, deu um salto terrível sobre aquele canalha, e antes de agarrá-lo, caiu ao chão.

Ao presenciar isto, senti uma dor terrível, como se uma bala tivesse varado meu peito. Mas não podia fazer nada, ocupado que estava em impedir que os três ou quatro índios cumprissem suas intenções, querendo prender-me numa rede para me apanharem vivo, tal como havia ordenado Parranoh.

Eu tinha que girar e girar, esquivar-me dos golpes, dar voltas, agachar-me e voltar a endireitar-me velozmente, sempre mudando de posição, para que resultassem inúteis os esforços daqueles homens que tentavam caçar-me como se eu fosse um animal.

Foi em uma destas voltas que vi o vulto conhecido de Winnetou avançar diretamente sobre o feroz Parranoh, abrindo caminho como um furacão por entre os ponkas. E ouvi sua voz, cheia de ódio, gritando:

— Onde está o sapo dos ponkas? Aqui está Winnetou, para vingar a morte de seu irmão branco!

— Ah, cão do diabo! Também você irá cair!

Mas não pude presenciar aquele singular combate, entre aqueles dois homens colossais. Um dos índios conseguiu acertar-me com o seu laço. Senti que me apertava a garganta, com um forte puxão, que me lançou sobre os outros índios, caindo logo no chão, onde me golpearam na nuca, fazendo-me desfalecer.

Ao que parece, tudo estava perdido para mim.

Capítulo II

Quando recuperei os sentidos, a escuridão e o silêncio reinavam ao meu redor. Sentia todo o corpo dolorido, como se uma locomotiva tivesse passado sobre mim, triturando os meus ossos. A cabeça também doía, e meus esforços de levantar-me para inteirar-me de minha situação, resultavam inúteis.

Pouco a pouco, acalmando a respiração, minha memória foi-se aclarando, e recordei que havia sido "caçado" e golpeado na cabeça. Senti que minhas mãos e pernas estavam amarradas, impossibilitando-me qualquer movimento.

Mas inesperadamente, quando me acreditava só com minhas desgraças, ouvi algo como um pigarrear. Não podia ver nada no meio daquela escuridão, e com um fio de voz perguntei:

— Tem alguém aí?

A voz conhecida do velho Sam Hawkens respondeu com um resfolegado de desgosto, como estranhando:

— Que pergunta! Então eu não sou ninguém?

— Perdoe-me, Sam, achei que estava sozinho. Sabe onde estamos? Eu perdi os sentidos e...

— Não se preocupe. Estamos debaixo de um teto, e se chover não nos molharemos.

— Não é momento para piadas, Sam.

— De acordo. Bom, nos meteram na caverna onde guardamos as peles.

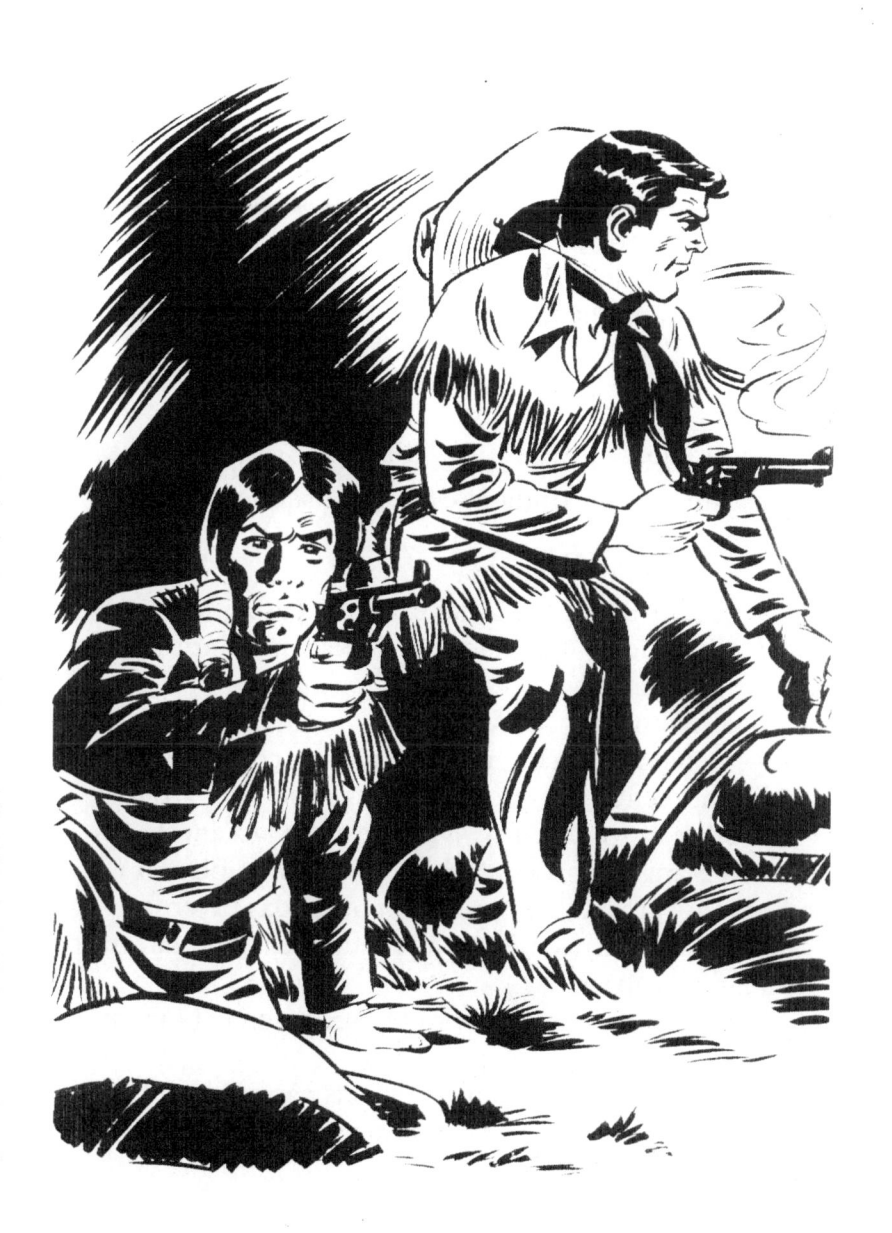

Uma idéia me passou pela cabeça, e perguntei alarmado:

— Apoderaram-se de todas as peles que os caçadores de Old Firehand guardavam aqui? Isso vale uma fortuna!

— Eles não as encontraram, porque Old Firehand escondeu-as, enterrando-as.

Esqueci das peles, desejando saber dos meus companheiros:

— E os outros, Sam?

— Mal... Bom, não estou muito certo dos que vivem ou não. Old Firehand, "apagado"; Dick Stone, "apagado"; Will Parker, "apagado"; Bill Butcher, "apagado". Enfim, para que continuar falando...

— E o jovem Harry?

— O menino teve sorte. Não vi nenhuma ferida ou arranhão nele, ainda que estivesse sendo duramente atacado.

— Para onde o levaram?

— Creio que para a caverna do lado. Eu tentei ficar junto dele, mas não me deixaram, empurrando-me para aqui.

— E Winnetou?

— Defendeu-se com unhas e dentes, como um bravo. Compreendi que preferia morrer lutando, a que o assassem em fogo lento. Mas de nada adiantou, os ponkas eram muitos e um deles também o golpeou na cabeça, por trás. O têm preso em outra das cavernas.

— Estas amarras me atormentam, Sam. Não haverá forma de escaparmos?

Nunca adorei tanto o bom humor daquele homem, que me respondia:

— E desde quando Sam Hawkens não tem um "ás" escondido na manga? Se você se arrastar até mim, colocaremos esta carta em jogo.

— Mas Sam... Quer dizer que?

— Que sempre levo uma faquinha escondida na manga do meu casaco. Não a encontraram quando me revistaram!

— Pois o que está esperando, homem? — perguntei, agitadamente.

— É que sozinho não posso apanhá-la. Também estou com as mãos atadas. Terá que fazê-lo com os dentes, amigo.

Arrastei-me até Sam, mas tive que deter-me, porque a porta se abriu, e a figura hercúlea de Parranoh apareceu. Vinha escoltado por seus guerreiros, e trazia em uma das mãos uma tocha, que servia para iluminar o interior da caverna.

— Está em minhas mãos, amigo. E não esquecerá que me deve algumas coisinhas. Mas pagará duplamente. Eu te prometo! — sibilou Parranoh.

Olhei-o silenciosamente, encolerizado. Ele me mostrava seu próprio escalpo, que Winnetou havia arrancado:

— Conhece isto? Agora caberá a vocês o prazer de terem o escalpo retirado. Esperem o dia amanhecer, para poderem aproveitar a grande festa que farei para vocês.

Com um gesto brusco, ordenou a um dos guerreiros que conferisse as amarras, dizendo quando este o informou que estávamos bem amarrados:

— Tim Finnetey é um homem surpreendente, não?

— Não. Diria que um homem odioso, isto sim. Um branco renegado que julga-se chefe dos ponkas, utilizando-se da força para cometer atrocidades e crimes.

Meu pequeno discurso o irritou, e deu-me um chute. Mas minhas palavras não o ofenderam e, vangloriando-se de sua vitória, acrescentou divertido:

— Que surpresa para vocês! Não esperavam que alguém soubesse do seu esconderijo. Ignoram que eu conhecia este vale muito antes desse cão Old Firehand?

Nem Sam nem eu respondemos. Desejávamos com todas as nossas forças que ele saísse dali, para ver se

conseguiríamos usar a faca que Sam trazia escondida na manga de seu velho casaco de couro. Por fim Parranoh saiu, e eu me movi para perto de Sam, enquanto este dizia:
— Quieto aí! Saíram, mas podem ter deixado alguém vigiando-nos, para ver o que estamos fazendo. Eu o conheço bem!
Tive que esperar uns momentos, até que por fim, não agüentando mais, arrastei-me até Sam e consegui encontrar a faca.
O resto foi fácil, e minutos depois, suando por causa do esforço excessivo, vimo-nos livres das amarras e em pouco estávamos de pé, nos abraçando emocionados, e em silêncio:
— Um autêntico homem do Oeste nunca se rende - recordou-me o velho, que anos atrás havia sido meu professor no Oeste.
— Eu sei, Sam! Você é formidável!
— Guarde os "cumprimentos" para depois, e vamos ver o que está acontecendo. Temos que conseguir armas e... O que está esperando, meu jovem?
— Sou eu quem tenho que colocar meu nariz para fora primeiro?
— Por que não? É o mais forte, e se tiver que bater na sentinela...
Aproximamo-nos da porta, afastando as peles que serviam de cortina. Naquele instante, três índios tiravam da caverna vizinha os prisioneiros, e Tim Finnetey aproximava-se de alguns guerreiros.
Enquanto permanecíamos no interior, tivemos a impressão que a trágica noite seguia, mas ao chegarmos ao exterior da caverna, pudemos ver que o sol já esquentava o vale verde, e que os vencedores andavam por ali como se estivessem em casa, alegres e despreocupados depois da vitória.
Meu cavalo Andorinha reclamava a atenção de um daqueles índios, que tentava, inutilmente, montá-lo,

obrigando-o a deixar a escopeta que carregava no chão, o que os olhinhos vivazes de Sam Hawkens logo registraram:

— Mas se não é a minha querida "Liddy"! O canalha... Não consentirei que este coiote fique com minha escopeta.

— Nem com meu cavalo, Sam.

A primeira coisa que fiz foi derrubar com um forte golpe na nuca o descuidado sentinela que montava guarda em frente à caverna que ocupávamos. Estava de costas, e como não tinha armas, tive que juntar as duas mãos, para que o castigo resultasse mais duro. Não o deixei cair sobre o solo, para não fazer ruído e logo, deslizando como cobra, vi o velho Sam sair de detrás das peles que cobriam a entrada da nossa improvisada prisão.

Mais distante, a uns duzentos metros e sem dúvida sendo preparado para ser atado ao poste dos tormentos, vimos Winnetou e o jovem Harry, de quem estavam tirando as amarras. Dois jovens ponkas o seguravam, e quando os outros começaram a tirar as amarras do chefe apache, a quem outros guerreiros apontavam suas lanças, a voz carregada de ódio contido de Tim Finnetey disse a Winnetou:

— Já pode preparar-se, capeta. Logo o amarrarão no poste, e será assado em fogo lento. E o filho de Old Firehand e da bela Ribanna irá morrer ao seu lado!

Winnetou nada respondeu. De longe Sam e eu o vimos sereno, impassível, sem pestanejar sequer diante do anúncio da morte horrível que o aguardava. Eu me senti orgulhoso por ser amigo daquele homem de ferro, não só capaz das maiores proezas durante a luta, mas também tranqüilo e digno diante dos seus últimos minutos de vida.

Deixou que livrassem suas mãos das amarras que agora serviriam para atá-lo ao poste, que arderia; mas de repente, como que movido por mil poderosas molas, saltou sobre seus vigias e suas mãos agarraram as lanças que estavam apontadas para seu peito.

Sam e eu, agachados sobre o terreno, assistimos mudos e assombrados à eletrizante cena.

Tudo desenrolou-se com vertiginosa rapidez e os dois guerreiros ponkas viram-se arrastados em direção ao chefe apache, que os matou com suas próprias lanças. Um segundo depois, já estava lutando com uma das lanças, e lutava bravamente contra a horda de inimigos que tentavam acorrentá-lo novamente. Parranoh gritava, dando ordens de que desejavá-o vivo.

Sam e eu compreendemos que havia chegado a hora de intervir e levantamo-nos, esquecendo de que seríamos vistos, e nos lançamos pelo vale, gritando:

— Ânimo, Winnetou! Vamos ajudá-lo!

É difícil de acreditar, mas minha voz operou um pequeno milagre que agora vou relatar. Meu fiel cavalo me escutou, relinchou com todas as suas forças, saudando-me, e empinando, acabou por pisotear o índio que tentava montá-lo. O animal empreendeu um galope desenfreado até onde eu estava, e ao chamar a atenção dos índios que lutavam contra Winnetou, acabou por dar-lhe um valioso refresco.

Quando como uma fagulha Andorinha passou diante de mim, saltei sobre seu lombo desnudo, agarrando-me em sua crina, arremetendo contra os ponkas que estavam junto do irritado Parranoh, que não parava de gritar e blasfemar.

Enquanto isso, ágil como uma gazela, o velho Sam correu em busca de sua escopeta, a famosa "Liddy", começando a disparar. A confusão foi terrível, em todos os lados. Rostos surpresos apareceram nas janelas das casas e cabanas que os ponkas estavam saqueando, para ver qual confusão estava agora começando.

Mais tarde fiquei sabendo que um deles lançou-se contra o jovem Harry, ferindo-o com sua machadinha, mas sem contudo conseguir impedir que o valoroso jovem se unisse à luta.

Furioso, espumando de raiva, Parranoh lançou-se sobre Winnetou para terminar com ele, já que seus homens não o estavam conseguindo, e então, a habilidade, a destreza e o valor do chefe apache tiveram recompensa.

Tim Finnetey, o renegado branco convertido em chefe dos ponkas, caiu tragicamente de joelhos, atravessado pela lança que Winnetou empunhava.

Foi aquilo uma nova surpresa para nossos inimigos, que momentaneamente cravaram seus olhos no agonizante Parranoh. Mas Winnetou não parou para saborear sua vitória e saltando, continuou a batalha, enquanto que, em outra parte, a escopeta de Sam não deixava de disparar.

E foram estes disparos que nos salvaram.

Capítulo III

Agora que começo a explicar tudo, é que compreendo como tal milagre foi possível.

O movimento da tribo ponka pela região havia chamado a atenção das autoridades, e os militares enviaram um destacamento de soldados para conhecer suas intenções. Durante dias só tinham conseguido seguir suas pegadas, ainda que perdendo-as de vez em quando, dada a astúcia do homem branco que conduzia aqueles guerreiros.

Contudo, nossa sorte quis que um destacamento de dragões do forte Wilkes passasse junto ao vale no instante que Sam Hawkens recuperava sua "Liddy", e começasse a disparar, chamando a atenção dos militares, que iniciaram uma busca.

O resto foi fácil.

A corneta soou, os perplexos ponkas levantaram os olhos para as rochas que rodeavam o vale e ali, com armas em punho e os rifles de repetição engatilhados, estavam os temidos homens brancos de uniforme, a que muitos chamam de Facas Compridas, por causa das espadas que os oficiais carregam.

E então reinou nova desordem entre eles.

O desconcerto e o medo, não só ao verem o chefe morto pelas mãos do apache Winnetou, mas também por verem-se encurralados, e que a luta resultaria inútil, os fez ver que se aproximava uma dolorosa e completa derrota.

Alguém deu o sinal de fuga, e vimos como todos se reuniam, para tentar sair pela entrada do vale e esconderem-se no meio do mato. Alguns caíram mortos ou feridos pelo disparo dos soldados que estavam no alto do vale, pois estes já haviam percebido a real intenção daqueles bandidos.

Desmontei e corri a abraçar Winnetou, longamente.

Mas nossa alegria durou pouco. A poucos metros de nós estava estendido o jovem Harry, que ao ver-se livre dos inimigos, exclamou:

— Ufa! Achei que estávamos perdidos! Vocês estão bem?

Corremos até ele, e no mesmo instante examinei a ferida em seu braço, perguntando ansiosamente:

— Só tem este arranhão, Harry?

— Bom... Além de alguns golpes, acho que nada que se possa considerar uma ferida grave. Mas se não chegassem a tempo...

Com sua costumeira tranqüilidade, Winnetou replicou:

— Terá uma grande cicatriz, mas logo se curará. Winnetou conhece ervas medicinais de grande efeito.

Harry levantou-se, com minha ajuda, propondo:

— Vamos libertar nossos companheiros! Parece fazer um século que não vejo meu pai!

Mas era arriscado ainda ir até o lugar onde estavam as grutas que haviam servido como prisão. A escopeta de Sam Hawkens continuava soando naquela direção, o mesmo acontecendo com as armas dos soldados, para conseguirem combater os poucos índios que ainda ofereciam resistência.

Não obstante, meio inclinados, começamos a andar, e ao passar junto do cadáver de Tim Finnetey, observei Winnetou de soslaio. Nossos olhos encontraram-se e o chefe apache disse:

— Esta foi a vingança de Winnetou. Ribanna está vingada!

Diante da lembrança de sua mãe, Harry emocionou-se, mas continuou avançando até as grutas, para libertar seu pai.

Mais Inimigos

Capítulo Primeiro

Ao meio-dia, os dragões que haviam estado perseguindo os ponkas regressaram. Não haviam tido nem uma baixa, e o oficial encarregado informou-nos, depois das saudações de praxe, que sua aparição não tinha sido de todo casual:

— Faz tempo que nos inteiramos que esta tribo havia tentado assaltar o trem. Alguns viajantes nos falaram dos senhores, e mais tarde supusemos que os guerreiros ponkas haviam-se posto em pé de guerra para uma expedição de vingança. Agora tardarão a se recomporem!

Antes disto, todos os nossos companheiros haviam saído das grutas em que os índios os haviam deixado atados. Muitos estavam feridos e entre eles, com alguma gravidade, Old Firehand. O disparo traiçoeiro de Tim Finnetey não resultou mortal, mas o jovem Harry estava preocupado e o notei choroso, enquanto segurava entre as mãos a cabeça encanecida de seu pai.

— Ele irá sarar — sentenciou firmemente Winnetou.

— Deus te ouça, Winnetou! Empregue toda a sua ciência em buscar estas ervas medicinais das quais me falou — rogou-lhe o menino.

Eu, trocando as armas por ataduras, me pus a cuidar do ferido, utilizando a reduzida farmácia que Old Firehand tinha em sua "Fortaleza", para os casos de urgência entre os seus caçadores. O oficial do esquadrão

da cavalaria viu-me naquelas funções, e muito interessado pela minha pessoa, ao saber que chamavam-me Mão-de-Ferro, me disse:
— Também estudou medicina, senhor Müller? Suas mãos são ágeis.
— Quando muito jovem, estudando na Alemanha, tive a intenção de doutorar-me em medicina. Mas logo embarquei para a América, e apaixonei-me pela vida no Oeste...
— E converteu-se num autêntico homem do Oeste. Não é assim? — interrompeu-me.
Junto a nós estava o velho Sam Hawkens, que depois de olhar-me maliciosamente, corrigiu o oficial:
— Não acredite nisto. Charles Müller será sempre um novato! O número um deles!
Não podia sentir-me ofendido diante daquele bom homem. Havia sido ele, precisamente, a primeira pessoa a me ensinar como sobreviver no Oeste, quando cheguei do Leste. Em união com o armeiro Henry, o velho Sam Hawkens podia-se considerar, sem modéstia, meu professor. Por isso, limitei-me a sorrir, protestando:
— Por que não se ocupa em botar ordem neste lugar, ao invés de ficar à toa aqui, me olhando, seu velho safado?
Quase uma hora depois é que tivemos a satisfação de ver Old Firehand pestanejar, e afinal abrir os olhos, buscando com o olhar o filho, e tendo um sorriso de satisfação nos lábios ao vê-lo. Não podia articular nem uma palavra, mas o menino lhe disse carinhosamente:
— Ficará bem, pai! Winnetou já o disse!
Era uma ferida grave, que podia complicar-se, mas confiávamos não somente nas ervas medicinais que o experiente chefe apache havia encontrado, mas também na fortaleza física daquele homem.
Harry ficou velando o pai, que novamente desmaiou, e depois de outra visita aos caçadores feridos de Old

Firehand, que também precisavam de meus cuidados, saí a passear pelo vale com o oficial dos dragões da cavalaria, que me informou:

— Durante alguns dias ficarei por aqui com meus homens. Descansaremos e também serviremos de escolta, para o caso dos ponkas reagruparem-se e resolverem retornar.

— Somos-lhe muito gratos, capitão.

— Ao seu dispor. Posso ajudá-los em algo mais?

Olhei aquele lindo vale, contemplei toda sua extensão e pedi:

— Sim, podem ajudar-nos. Enterremos os mortos.

Capítulo II

Três meses depois destes acontecimentos, suas conseqüências ainda se faziam sentir.

Nossas esperanças em salvarmos Old Firehand e o resto dos feridos de seu bando haviam se realizado. Muitos deles já podiam andar, e os que se restabeleceram antes, ajudados pelos soldados, dedicaram-se a caçar para nos fornecer carne que, esgotado o estoque, tornava-se necessária.

Mas o pai de Harry melhorava muito lentamente. Uma grande prostração o mantinha no leito, motivo pelo qual desistimos de transportá-lo para o forte Wilkes, esperando seu restabelecimento completo na própria "Fortaleza". Ao menos ali estaria tranqüilo, em um ambiente que lhe era querido, que conhecia, além de estar entre os seus.

No que diz respeito à ferida de Harry, felizmente não fora nada grave, e mais tardou o próprio Winnetou em restabelecer-se, já que tinha vários golpes, arranhões e facadas espalhadas pelo corpo. Quando a meus ferimentos, também não foram muitos, e logo nem me lembrava mais deles. Quem se saíra melhor fora o esperto Sam Hawkens, que havia levado somente uns socos, dos quais logo se esqueceu.

Mas como Old Firehand, mesmo depois de restabelecido, ainda iria precisar de cuidados durante um bom tempo, tratei de procurar Harry e os outros caçadores, para conversarmos sobre isto. Chegamos a uma conclusão: Old Firehand deveria passar uma boa temporada no Leste, recuperando-se, e abandonando a vida de explorador e caçador.

— Para isso precisará de dinheiro — opinou Sam Hawkens.

— Temos aqui muitas peles armazenadas de grande valor — disse Harry. — Não poderíamos vendê-las? Uma boa parte corresponde ao meu pai e aos outros caçadores também não seria mal uma temporada de descanso, desfrutando do conforto que o dinheiro que eles ganharam arduamente poderá lhes trazer.

— Em forte Wilkes não conseguirão vendê-las, a não ser por um preço muito baixo — opinou o oficial.

Continuamos discutindo o assunto, quando um dos soldados nos falou a respeito de um comerciante que havia do outro lado de Turkey River, que comprava tudo que lhe ofereciam, pagando excelentes preços.

— Ele é muito conhecido, e até dispõe de vários agentes que percorrem a comarca constantemente. Paga em dinheiro, e também só vende a dinheiro. É um homem rico.

— Por que não vamos negociar com ele? — propôs Winnetou.

Olhava diretamente para mim, e me limitei a concordar, balançando a cabeça, para que Winnetou continuasse com seu plano de ajuda ao amigo:

— Eu conheço muito bem a região de Turkey-River. Se encontrarmos este homem, fecharemos um acordo com ele, e venderemos todas as peles.

— Estou certo de que ele ficará interessado — disse entusiasmado o jovem Harry, que já sonhava em cuidar de seu pai no conforto do Leste.

Dois dias depois, atravessando paragens que já sabíamos serem perigosas, Winnetou e eu descíamos cavalgando, em animada conversa, trocando opiniões e evocando trechos das últimas batalhas.

Em um dos arroios cujas águas desembocam no caudaloso Turkey-River, descobrimos uma casa enorme, construída com robustos troncos e rodeada por um bem cuidado jardim.

— Aqui nota-se a mão de uma mulher — opinei.

Winnetou sorriu ao responder:

— Meu irmão branco é muito observador. Também eu pensava o mesmo.

Perto da casa havia também um prado muito bem cuidado, onde pastavam algumas vacas, porcos e cavalos. Aproximamo-nos da casa e ao desmontarmos, ouvimos o estalar de um rifle sendo carregado, enquanto uma voz anunciava:

— Alto lá! Isto aqui não é pombal, onde pode-se entrar e sair quando quiser. Quem são e que diabos querem?

Ao procurar o dono da voz, me fixei nas várias janelinhas da casa em forma de seteira, pelas quais vimos os canos dos rifles que nos apontavam. Winnetou e eu desmontamos, de forma que o proprietário da casa nada receasse, deixando nossos rifles embainhados, e o informando:

— Sou alemão e venho em busca do comerciante. Disseram-nos que ele vive nesta comarca.

— Bah! Não existe nenhum alemão que tenha coragem de chegar até aqui, a não ser aquele que chamam de Mão-de-Ferro.

Para sua surpresa, e sem nenhuma petulância, eu disse:

— Pois eu sou Mão-de-Ferro e este é meu grande amigo Winnetou, o chefe dos Apaches.

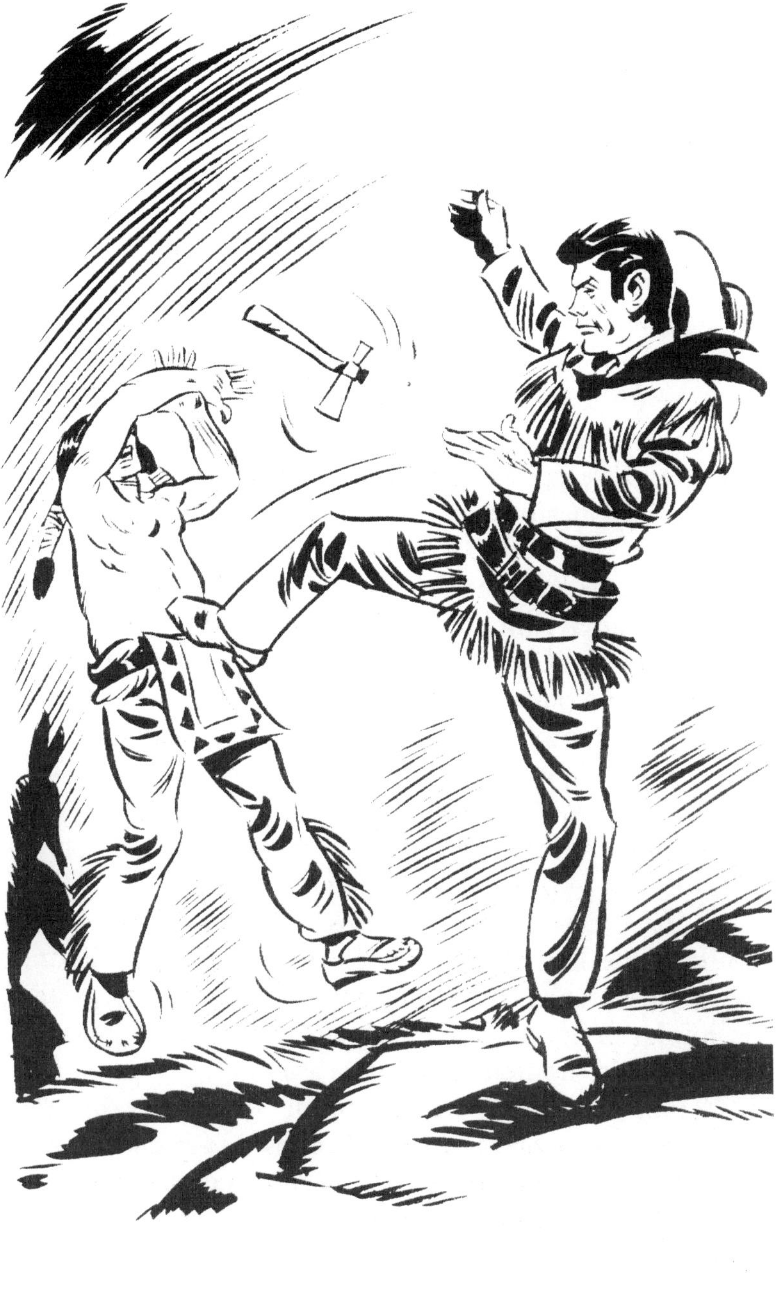

— Deveras! Não me digam isso, amigos! — replicou ele, zombeteiramente.

No entanto, a palavra amigos nos tranqüilizou e logo o dono da casa estava diante de nós, apertando-me a mão mas, para perplexidade de Winnetou, não fez o mesmo com ele.

— Não tenha medo — disse, divertido. — É um bom amigo. Um apache civilizado.

— Uff! Um índio é sempre um índio. Você acredita que...?

Winnetou também sorriu e ambos terminaram por trocar um aperto de mãos. O dono da casa era um velho robusto, que à primeira vista já indicava ter lutado duramente na vida, sem se deixar abater. Convidou-nos a entrar em sua casa, onde nos apresentou sua esposa e seu filho, um jovem tão robusto quanto o pai, dizendo-nos que seus outros filhos estavam cortando árvores no bosque.

Durante o jantar nós o informamos de nossos propósitos, e amavelmente ele confirmou o que nos havia dito o soldado. Que o comerciante comprava todo tipo de pele e que pagava bem e em dinheiro vivo, porque, segundo nos informou, aquele homem também visitava os lugares onde se extraía ouro, e sabia fazer bons negócios. Só me restava perguntar àquela família uma coisa:

— Sabe o senhor se este homem é honrado, senhor Corner? Não nos disse que se chama assim?

— Isto mesmo, mas não posso lhes assegurar se o homem que buscam é honrado ou não. Eu jamais fiz negócios com ele. Dedico-me a minha família e a cuidar da minha granja e, de vez em quando, recebo alguns agentes deste homem na minha casa.

A mulher interveio, anunciando:

— Precisamente, o senhor Rollins está para chegar hoje. Assim o prometeu da última vez que esteve aqui.

— Quem é Rollins? — perguntou Winnetou.

— Um dos agentes do comerciante — disse o granjeiro Corner. — Percorre a comarca fechando contratos para o seu chefe.

Tivemos sorte e naquela noite mesmo conhecemos o tal de Rollins. Mas o que nos aconteceu com este homem será preciso relatar.

Depois das apresentações de praxe e de falarmos das peles que pensávamos em vender a seu chefe, observei que abria muito os olhos e que, uma vez ou outra, acremente, insistiu em saber onde estava a mercadoria. Tanto Winnetou quanto eu, prudentemente, o informamos que não o poderíamos dizê-lo enquanto não tivéssemos o dinheiro na mão. Tratava-se de um grande carregamento, que valia muitos dólares e devia compreender que seria arriscado informar a qualquer um onde estava escondido.

— Mas eu devo ver as peles antes — insistiu, mais uma vez.

— Claro, senhor Rollins — tranqüilizei-o. — O senhor as verá em seu devido tempo.

Não se falou mais nisto e fomos dormir, sem que ninguém estranhasse que Winnetou o preferisse fazer fora de casa, por estar acostumado toda a vida a repousar debaixo do céu estrelado.

Por causa disto, Winnetou pôde informar-me, no dia seguinte, antes que retomássemos nossa jornada, enquanto cuidávamos dos nossos cavalos:

— Esse Rollins saiu furtivamente da casa durante a noite, e demorou a retornar. Não sei onde poderá ter ido.

— Eu também não, mas nós o vigiaremos. Ontem notei que ele ficou muito impressionado quando o informamos sobre a quantidade de peles que temos para negociar.

Depois de agradecer a hospitalidade do robusto granjeiro e sua família, e pagar com justiça tudo o que havíamos consumido, trocamos um último aperto de mãos e, acompanhados pelo taciturno Rollins, que se mostrou muito calado, reiniciamos nossa jornada.

O caso é que havíamos trazido umas amostras de nossas peles num lugar conveniente, prometendo-lhe que quando ele consultasse seu chefe e nos entregasse o dinheiro, nós também levaríamos o resto da mercadoria a um local predeterminado. Negócios de tal monta tinham de ser feitos assim, para evitar-se qualquer trapaça por ambos os lados, e Rollins disse estar de acordo.

Refizemos a rota da vinda, mas sem esquecermos as precauções necessárias à todo homem que decida viajar por regiões onde uma emboscada pode custar-lhe a vida.

Foi esta atenção que nos permitiu descobrir umas pegadas, que tanto a mim quando a Winnetou mostraram-se suspeitas.

Detivemo-nos para examinar melhor aqueles rastros e, sem desmontar, Rollins perguntou:

— São de animal ou de pessoa?

— São de três cara-pálida desmontados, que não levam rifles, e sim pedaços de pau, nos quais se apóiam — disse Winnetou. — Saíram daqui, pisando em cima das pegadas dos outros e tratando o último de tentar apagá-las. Isto prova que estão sendo perseguidos... Ou que temem algo.

— Índio esperto! — ouvi dizer Rollins, com um meio sorriso. — Mas me parece muito estranho que três homens, desarmados como diz, percorram uma comarca tão perigosa. Só se tiver acontecido uma desgraça, tal como serem atacados por índios Okanandas.

Em defesa de sua raça, Winnetou esclareceu:

— Os Okanandas não desenterraram o machado de guerra. São pacíficos e não atacam, a menos que assim se vejam obrigados.

Tornamos a montar e, como aquelas pegadas atravessavam o bosque para sair na pradaria aberta, poucas milhas à frente pudemos descobrir quem deixava pista tão clara. Eram três homens e quando chegamos eles pareciam totalmente inertes. Não levavam, ao que parece, nem uma faca ou outro tipo de arma, razão pela qual não teriam podido cortar os paus que lhes serviam de apoio para caminhar, há não ser que os tivessem quebrado com as próprias mãos. Mas não estavam mal-vestidos, um estava com um lenço amarrado na cabeça, outro tinha o braço esquerdo numa tipóia e o último, tinha a mão direita enfaixada, além de coxear.

Tudo pareceu aclarar-se diante de nossas primeiras perguntas, quando um deles respondeu:

— Os Okananda nos atacaram, e roubaram nossos cavalos e tudo que tínhamos. Não nos deixaram nem uma só arma.

— Como aconteceu? — quis saber Winnetou.

— Esses selvagens nos atacaram sem motivo algum. Buscavam butim.

Observei o olhar descrente de Winnetou, enquanto o homem dizia isto, e os seus companheiros limitavam-se a confirmar a história.

— Não poderiam dar-nos algo de comer? — rogou um dos homens.

— Claro, bom homem — ofereci.

— Vamos para forte Wilkes — tornou a falar o primeiro. — Como estamos indo na mesma direção que vocês, e se não lhes incomodar...

— Não se fala mais nisto — tornei a intervir. — Os senhores estão feridos e nós dispomos de cavalos. Somos pessoas civilizadas, que devem se ajudar. Entendo algo de medicina e se quiserem, posso dar uma olhada em suas feridas. Eu...

— Oh, não senhor! É muito amável. Não é nada muito grave. E já estamos o incomodando tanto!

Dentro em pouco reiniciamos nossa jornada e achei estranho que Rollins, o agente do comerciante que iria nos comprar as peles não mostrasse nenhuma simpatia por aqueles três desgraçados e negara-se a ceder-lhes seu cavalo.

— Os senhores façam como bem quiserem — limitou-se a dizer. — Com paus ou sem eles podem andar, e eu não cedo meu cavalo a ninguém.

Naquela noite, ao instalarmos o acampamento, Winnetou aproximou-se de mim depois do jantar, e enquanto estendíamos nossas mantas, me sussurrou baixinho:

— Vigie Rollins. Eu farei o mesmo com os outros.

Olhei-o desconfiado, desejando saber:

— Vai vigiar estes pobres diabos? O que podemos temer deles?

Lacônico como sempre, o chefe apache limitou-se a dizer:

— A raposa às vezes finge-se de ferida, para melhor realizar seus planos. Vamos vigiá-los!

— Como quiser, Winnetou, mas me parece que está sempre vendo inimigos por todos os lados.

Não obstante, em pouco tempo tive que mudar de opinião.

Como sempre, fiz o que Winnetou havia pedido, e dissimuladamente comecei a vigiar Rollins, e logo algo me chamou a atenção. De quando em quando, ele olhava de soslaio para um dos homens feridos, mas quando seus olhos cruzavam-se com os meus, ele os desviava no ato. Acredito que eles estavam se comunicando com estes olhares, e estendi-me sobre as mantas, perguntando-me:

— Será que se conhecem?

A resposta a esta pergunta eu a teria no dia seguinte...

O Comerciante Santer

Capítulo Primeiro

Nada aconteceu durante a noite, e foi precisamente isto que nos deu confiança. Tanto Winnetou quanto eu calculamos que aqueles homens tentariam algo enquanto estivéssemos dormindo, mas nisto demonstraram serem mais espertos do que nós.

Ou deram-se conta que não dormíamos e sim que os vigiávamos discretamente, ou então preferiram agir de surpresa, quando menos esperássemos. O caso é que, ao raiar do dia, e enquanto levantávamos acampamento, os três homens feridos curaram-se milagrosamente, tiraram as bandagens e colocaram-nos na mira de suas pistolas, ordenando:

— Quietos aí! Um só movimento em falso e são homens mortos!

Winnetou sorriu levemente, sem mostrar-se surpreendido, mas eu quis saber, enquanto obedecia:

— O que significa isto?

— Se obedecerem, nada lhes acontecerá — anunciou um deles.

— O que querem de nós? — tornei a perguntar.

— As peles!

Olhei significativamente para Rollins, que havia deixado cair a máscara e já havia se unido a seus companheiros, também apontando-nos seu rifle. Recordava o que lhe havíamos dito ao fecharmos o acordo e repeti como um eco:

— As peles que pensávamos em vender para o comerciante Santer? Já dissemos a seu agente, o senhor Rollins, que estão escondidas. Nossos outros companheiros as estão guardando, e não as entregarão senão quando recebermos o dinheiro combinado.
— O trato mudou — disse Rollins. — Eu sou o comerciante Santer. E vocês vão nos dizer, agora, onde estas peles estão, se quiserem conservar a de vocês bem colada no corpo.
— Muito bem. Então o senhor é Santer e caímos na sua armadilha, ajudando estes homens que se diziam feridos. Confesso que me enganaram.
Com os braços levantados, por causa da ameaça das armas, mas com voz firme, Winnetou anunciou:
— A mim não.
— Não queira passar-se por esperto, selvagem — protestou Santer. — Já enganamos muitos índios como você.
Mas Winnetou insistiu:
— Pode ter enganado muitos índios com seu falso ofício de comerciante, mas repito-lhe que a mim não me enganou. Quando vi esse safado sair da granja do senhor Corner, calculei que havia ido avisar seus planos a algum comparsa. Ataque dos Okanandas... Ora, conheço muito bem esta tribo e já disse que são pacíficos. Mas há mais. Se algum índio assalta um homem para roubá-lo, nunca o deixa escapar ferido. Ele o mata e pronto!
— Não me interessam suas opiniões, apache. Quero saber onde estão as peles!
Com a mesma firmeza, Winnetou se limitou a responder:
— Jamais o direi! E confio em meu irmão branco!
— Muito bem. Nós os penduraremos em uma árvore pelas pontas dos dedos, até que falem! Trate de ir amarrá-los, Rollins!

O homem que se chamava Rollins obedeceu, seguido pelos outros dois, quando tentei detê-los, dizendo:

— Um momento! Jamais terão essas valiosas peles pela força. Paguem o preço justo por elas e o negócio estará feito. Poderá vendê-las no mercado pelo dobro do preço.

— Não faço negócios assim. Eu quero as peles, e sem precisar pagar por elas.

— E o que ganhará se nos matar? Porque eu lhe digo o mesmo que meu amigo, da minha boca não conseguirão esta informação.

— Isso é o que veremos! Homens mais duros já abrandaram com meus métodos.

Era suicídio tentar algo, pois tínhamos quatro armas de fogo apontadas para o nosso peito, e ao primeiro movimento em falso, aqueles canalhas não hesitariam em disparar. Temos que saber perder tanto quanto saber ganhar, e naquelas circunstâncias não tínhamos mais que uma esperança. Não ceder àquele martírio.

Não podíamos ceder porque sabíamos que, na "Fortaleza", Old Firehand já não contava com a presença dos soldados para ajudá-los a defender o vale. Antes de sairmos de lá, o oficial encarregado do esquadrão havia nos informado que iriam para o forte Wilkes, só ficando ali aqueles que necessitassem ainda de repouso e restabelecimento. E se o falso comerciante Santer resolvesse atacar com seus homens, e mais a ajuda que pudesse conseguir, a morte de Old Firehand, Harry e todos os caçadores estaria decretada, pesando em nossas consciências.

Rollins tratou de atar-nos, e procurar uma árvore bem robusta. O primeiro que içaram foi Winnetou, e fiquei realmente impressionado ao vê-lo pendurado em um dos galhos da árvore, atado pelos pulsos. Logo chegou a minha vez e vi como Santer se punha a brincar com sua faca, como se duvidando que eu agüentasse.

Não tive medo, porque aquele movimento da faca de Santer não implicava perigo algum. Acreditei ter adivinhado seus pensamentos: se suas ameaças não fossem atendidas, disporia-se a partir para uma outra alternativa.

A questão é que ele não poderia nos matar enquanto não soubesse onde encontravam-se as peles que tanto cobiçava. Logo, calculei que ele não tardaria a mudar de tática.

Não me equivoquei, porque minutos depois de ter-nos pendurado naquela posição dolorosa, e diante do nosso silêncio, Santer perguntou, debochadamente:

— Não pensam mesmo em falar, não é verdade?

— Nunca saberá onde estão as peles! — disse, raivosamente.

— Está bem! Vocês ganharam! Vou lhes mostrar que Santer não é tão canalha quanto pensam...

Voltou-se para Rollins e ordenou:

— Solte-os!

— Mas...

— Já disse para soltá-los! Conheço bem estes homens. E o que vamos querer com seus cadáveres? São teimosos como mulas e estou certo que não falarão.

Com grande alívio para os nossos braços, nos soltaram e sempre debochado, Santer continuou dando ordens a seus homens:

— Dêem-lhes seus cavalos e os deixem partir. Este negócio nós perdemos.

— Não devemos soltá-los, Santer. Se me deixasse... — começou a propor Rollins.

— Perderia seu tempo, acredite-me. Dê-lhes os cavalos e que partam. Mas tire as armas.

— Isto é uma estupidez! — protestaram os outros dois homens. — Tanto trabalho para isto, Santer?

— Eu sou o chefe, sou eu quem manda.

Minutos depois, desarmados mas em cima de nossos cavalos, Winnetou e eu nos pusemos a caminho, saindo daquela situação incômoda, muito melhor do que havíamos pensado.

Quando já não podiam nos ouvir, Winnetou me perguntou:

— Sabe o meu irmão branco o que farão agora?

— Perfeitamente, Winnetou. Este canalha do Santer mostrou-se generoso para poder aproveitar sua última oportunidade. Vai nos seguir!

— Eu também penso assim. Mas se ele acredita que somos tão estúpidos a ponto de levá-los direitinho para onde estão as peles, enganaram-se!

— Disse bem, meu amigo! Nós lhe daremos muito trabalho.

Capítulo II

Horas depois cavalgando, Winnetou decidiu que era chegada a hora de nos divertirmos e contou-me seu plano. Era muito simples, mas poderia dar bons resultados: consistia em um dos dois continuar cavalgando, levando o outro cavalo, enquanto o outro continuasse a pé, paralelamente e a certa distância, vigiando.

— Quando eles virem as pegadas dos cavalos, nos seguirão. Mas nós é quem vamos surpreendê-los.

— Sem armas?

— Winnetou e o famoso Mão-de-Ferro não precisam mais do que as mãos e a astúcia para vencerem estes chacais.

Sorri ao ouvir meu amigo me chamando de Mão-de-Ferro, e mais ainda quando o vi recolhendo mato e grama, para fabricar um boneco com o outro par de roupa que trazia em minha mochila.

— Eles são astutos como raposas e nós também devemos agir assim. Se por acaso aproximarem-se demais, não quero que vejam que um dos cavalos está sem ninguém.

Como estávamos usando uma roupa minha, estava claro que seria eu quem iria caminhando. Naquela plano tocava-me a pior parte, mas não reclamei. Primeiro porque meu amigo assim havia decidido, e depois porque seria impossível Winnetou despir-se de sua própria pele e recheá-la com mato.

Mas me custou seguir a pé, paralelamente a Winnetou, que ia descansado sobre seu cavalo, cavalgando ao lado de Andorinha, que carregava o grotesco boneco. Ele fazia assim para evitar que meu fiel cavalo desse por minha falta e viesse me procurar, atrapalhando nosso plano.

A lua mostrava-se majestosa quando chegamos perto do Mankizila, e do barranco que ocultava o primeiro dos sentinelas da "Fortaleza" de Old Firehand, que já devia estar impaciente com nossa demora.

E foi então quando, sempre caminhando paralelamente a Winnetou, ouvi um leve ruído que me chamou a atenção. Duas sombras furtivas deslizavam à minha esquerda e calculei que os outros não estariam muito distantes.

Como um lagarto deslizei pelo solo e fui aproximando-me dos homens, que identifiquei pela altura e corpulência. Um era Santer e outro Rollins, bem armados com meu rifle de repetição e o rifle de prata de Winnetou.

Eu não tinha nada mais que meus punhos, porque eles haviam nos tirado até mesmo nossas facas, mas devia honrar meu nome de Mão-de-Ferro, pelo qual me conheciam no Oeste, e não hesitei em saltar sobre eles como um gato montês.

Antes havia imitado o uivo de um coiote, o sinal que havíamos combinado para que iniciássemos o ataque. Ao ouvir-me, o chefe apache empinou seu cavalo, e galopou velozmente em meu socorro. Calculávamos que os outros dois, ao ver-nos lutando corpo-a-corpo com seus companheiros, não se atreveriam a disparar por temor de feri-los, e isso realmente aconteceu.

Que Winnetou era capaz de dominar qualquer um daqueles homens só com as mãos, isso ele demonstrou rapidamente, esforçando-me eu para dar conta de Rollins.

Winnetou ficou feliz por recuperar seu rifle de prata, e eu meu querido rifle de repetição que havia sido presente do meu bom amigo Henry. E como também havíamos combinado, nós nos pusemos a disparar, enchendo o silêncio da noite com o estampido de nossas armas.

— Aposto que aqueles outros dois já correram como malucos — disse.

Meia-hora depois, com nossos prisioneiros bem amarrados em cima de nossos cavalos, Winnetou e eu continuamos até onde encontraríamos o primeiro vigia da "Fortaleza".

No momento em que nos aproximávamos, ele gritou que parássemos e nos identificássemos. Reconheci a voz de Sam Hawkens, que logo se desculpou:

— Perdoa-me, rapaz, mas estou cumprindo ordens!

— Faz bem, Sam. Há um casal de pássaros por estas redondezas que temos que vigiar. Não durma no ponto!

Old Firehand, seu filho Harry e os outros caçadores feridos, sentiram muito que não tivéssemos podido vender as peles. Mas alegraram-se ao ver que eu e Winnetou havíamos saídos sãos e salvos daquela aventura.

— Não importa, amigos. Posso continuar aqui esperando até que me recupere de todo. Ao final das contas, passei mais da metade da minha vida aqui no Oeste, e para dizer a verdade... Gosto de estar aqui!

— Vamos conseguir vender estas peles — assegurei-lhe. — Tornaremos a tentar, e você poderá passar uma longa temporada repousando com Harry e seu outro filho no Leste.

— Você está fatigado, Mão-de-Ferro. Não consentirei que...

— Terá que consenti-lo, meu amigo. Forçosamente tenho que levar para o forte Wilkes este par de pássaros que caçamos. O falso comerciante Santer e seus comparsas já não enganarão ninguém mais. Winnetou me acompanhará e...

O chefe apache interrompeu-me, levantando a mão:

— Meu irmão branco terá que ir sozinho para o forte Wilkes. Eu também tenho um trabalho a terminar.

— Refere-se àquele par de safados?

— Sim, estou falando deles. Tenho que limpar as pradarias destes tipos de canalhas.

Três dias depois, com um merecido descanso, cada um de nós partiu numa direção distinta, e era-me doloroso separar-me de Winnetou. Mas não havia remédio, e nós o sabíamos. Ao se despedir, o apache disse:

— Aqui devemos nos separar. Mas se o Grande Espírito o quiser, ele também fará que nos reencontremos no momento oportuno, porque o chefe dos apaches Winnetou e o grande Mão-de-Ferro são inseparáveis e não podem viver muito tempo longe um do outro.

— Disse bem, Winnetou! O reencontro será breve!

E assim sucedeu, correspondendo isto a outro interessante episódio de minha agitada vida no bravo Oeste.

Este livro A VINGANÇA DE WINNETOU de Karl May é o volume número 2 da "Coleção Karl May" tradução de Carolina Andrade. Impresso na Editora Gráfica Líthera Maciel Ltda, à Rua Simão Antônio, 1.070 - Contagem, para Villa Rica Editoras Reunidas Ltda, à Rua São Geraldo, 53 - Belo Horizonte. No catálogo geral leva o número 2055/5B.